DESEO

AF274830

KATHERINE GARBERA

UN TOQUE DE DISTINCIÓN

Editado por Harlequin Ibérica.
Una división de HarperCollins Ibérica, S.A.
Avenida de Burgos, 8B - Planta 18
28036 Madrid

© 2024 Harlequin Ibérica, una división de HarperCollins Ibérica, S.A.
N.º 542 - 25.6.24

© 2004 Katherine Garbera
Un toque de distinción
Título original: Let It Ride

© 2004 Katherine Garbera
Amante ocasional
Título original: Mistress Minded
Publicadas originalmente por Harlequin Enterprises, Ltd.
Estos títulos fueron publicados originalmente en español en 2004

I.S.B.N.: 978-84-1062-831-1
Depósito legal: M-9678-2024
Impreso en España por: BLACK PRINT
Fecha impresión para Argentina: 22.12.24
Distribuidor exclusivo para España: LOGISTA
Distribuidor para México: Distibuidora Intermex, S.A. de C.V.
Distribuidores para Argentina: Interior, DGP, S.A. Alvarado 2118.
Cap. Fed./Buenos Aires y Gran Buenos Aires, VACCARO HNOS.

Prólogo

–¿Has descubierto algo siendo mujer? –me preguntó Didi cuando aparecí frente a ella.

Todavía no me había acostumbrado a aquello de aparecer y desaparecer y, después de veinticinco años siendo un capo de la mafia, no estaba preparado para la vida después de la muerte.

Había hecho un trato con Dios. Bueno, más bien con su emisaria, que era Didi, y ahora actuaba de celestina con parejas de tortolitos.

No estaba tan mal como le hacía creer al ángel, pero es que me sacaba de quicio y no quería que supiera que me gustaba hacer buenas obras.

No me había gustado la última sorpresita que me había preparado, pues me mandó a la Tierra en el cuerpo de una mujer.

Ningún hombre debería pasar jamás por eso.

–Esta vez quiero ser hombre, pero no un viejo, ¿eh? –le dije.

–¿Fue muy duro? –me preguntó.

No me gustó su tono, pero no tenía alternativa. Estar allí era mucho mejor que estar en el infierno.

–Prefiero no contestar. Lo único que te pido es que me des una misión en la que sea un hombre.

En ese momento, se materializaron sobre la mesa un montón de sobres.

Didi me sonrió, lo que no me inspiró ninguna confianza. Aunque era un ángel, tenía una vena un tanto cruel.

–¿Qué te parecería ir a Las Vegas? –me preguntó.

–¿Me vas a poner de showgirl?

–No –se rió–. Esta vez, no.

Me estaba intentando meter miedo, pero no le iba a dar resultado porque yo me había enfrentado a hombres armados sin pestañear.

–Esta misión es especial.

Me estremecí y me pregunté si ir al Cielo merecía la pena después de todo.

–¿Cómo de especial?

–Ya lo verás –me contestó.

Abrí el sobre y leí.

La chica, Kylie Smith, era una secretaria de Los Ángeles y el chico, Deacon Prescott... era el tipo de hombre que a mí me gustaba porque había crecido en la calle y había trabajado para la mafia de Las Vegas.

–No parece difícil –le dije a Didi.

–Bien, entonces no creo que tengas problemas.

Mi cuerpo se evaporó antes de que me diera

tiempo a responder. A Didi le gustaba tener siempre la última palabra, pero aquella vez no me importó porque estaba ante un casino estupendo.

Por primera vez desde mi muerte, pensé que aquello no estaba tan mal.

Capítulo Uno

Deacon Prescott se acercó al monitor de seguridad y vio a la mujer de sus sueños.

No le veía la cara, pero todos los demás detalles eran perfectos.

Llevaba el pelo castaño recogido en la nuca y vestía de una forma muy elegante.

Deacon acercó la cámara a ella a través del zoom.

—Perfecta —murmuró.

Era la mujer que estaba buscando. Tenía un rostro clásico y un cabello sedoso, era todo lo que esperaba en una esposa y que jamás se hubiera imaginado encontrar en el vestíbulo de su hotel casino, el Golden Dream.

La mujer estaba mirando a su alrededor.

Maldición.

Seguramente, habría ido con su novio o con su esposo. Deacon ajustó el zoom de la cámara de nuevo y se fijó en que no llevaba alianza.

Tenía los ojos verdes y unos rasgos muy delicados. Supuso que, en el mundo normal, sería una mujer normal, pero estaba fuera de lugar en el mundo vulgar en el que se movía Deacon.

Deacon tenía treinta y ocho años y ya iba siendo hora de que se casara y tuviera hijos. No lo había hecho porque no había encontrado a la mujer adecuada, una mujer que pudiera compartir la vida con él sin tener que amarla.

Vivir en Las Vegas le había enseñado que la felicidad y el amor para toda la vida no eran más que meras ilusiones.

—¿Qué miras con tanto interés?

Deacon se giró y miró a Hayden MacKenzie, Mac para los amigos, que era el dueño del Chimera Casino and Resort, el segundo mejor casino de la ciudad después del Golden Dream.

Mac era uno de los pocos amigos que Deacon tenía. Se conocían de la época en la que ambos habían vivido bordeando la legalidad y era la persona que le había enseñado que se podía vivir de otra manera.

Aquel amigo le había enseñado cómo moverse entre la gente de dinero.

—Nada —contestó Deacon.

Mac miró por encima de su hombro y observó la pantalla.

—Muy guapa esa mujer.

—A ver —intervino Angelo Mandetti.

Angelo pertenecía a la comisión del juego y estaba en el casino de Deacon haciendo una investigación para el informe anual.

Llevaba hospedado en su hotel una semana y Deacon lo respetaba profundamente porque le recordaba a un amigo que tuvo su madre cuando él era pequeño y que reparaba en el delgaducho hijo de Lorraine Prescott y le dedicaba tiempo.

Mac se hizo a un lado y Mandetti miró el monitor y silbó.

—No es cualquier mujer —dijo Deacon.

—¿A qué te refieres? —preguntó Mac.

—A nada... todavía —contestó Deacon.

Mac tenía algo que Deacon siempre había envidiado, esa confianza en que todo es fácil que tienen las personas que se han criado con todo tipo de privilegios.

Aunque tenían la misma edad, a veces, Deacon se sentía mucho mayor que su amigo.

Deacon quería seguridad y la mujer de la pantalla era la llave hacia la vida que siempre había deseado.

—Me voy a casar con ella —declaró.

—¿De verdad? —preguntó Mandetti—. Enhorabuena.

—Pero si no la conoce —se rió Mac.

—¿Entonces? —dijo Mandetti acercándose al monitor y fijándose atentamente—. No es su tipo, la verdad.

Deacon se encogió de hombros.

No lo dijo en voz alta, pero, precisamente por eso, le gustaba.

La observó mientras sacaba un libro del bolso y se ponía a leer. Deacon frunció el ceño y dudó. ¿Tendría suficiente carácter como para domar a la fiera que había dentro de él? Los hombres de honor no les eran infieles a sus mujeres, así que debía asegurarse de que hubiera atracción entre ellos antes de decidirse a hacerla su esposa.

—Ahora vuelvo.

—Esto se pone interesante.

Mac y Mandetti lo siguieron hasta la puerta.

—No, vosotros os quedáis aquí.

Mandetti levantó las manos y dio un paso atrás. Mac chasqueó la lengua y se sentó en una de las sillas de la cabina de seguridad.

—La verdad es que desde aquí lo veremos todo mucho mejor.

Deacon abandonó la habitación sin hacer ningún comentario y, mientras avanzaba por el pasillo, intentó dilucidar qué le iba a decir.

Se puso bien la corbata y abrió la puerta que conducía a otro mundo, al mundo donde había vivido desde que era un chiquillo, un mundo de luces, campanas y ruletas.

Se paró un instante para admirar su reino.

El orgullo ante lo que había conseguido se apoderó de él y se dijo que, si aquella mujer y él eran sexualmente compatibles, la seduciría sin ningún problema para que se convirtiera en la señora de Deacon Prescott, la reina de su pequeño reino.

Mientras avanzaba por el casino, tuvo que detenerse a saludar a conocidos y amigos e incluso a un proveedor con el que concertó una cita.

Cuando, por fin, llegó al vestíbulo, buscó a la mujer.

De repente, no supo qué decir y se sintió

9

como aquel chico de la calle que había sido en el pasado, aquel chico que admiraba el glamour porque no podía tocarlo.

Echó los hombros hacia atrás y levantó la cabeza. Era Deacon Prescott, maldita sea. El hombre del año según la revista *Entrepreneur* durante dos años consecutivos.

Ninguna mujer le iba a impedir conseguir su objetivo.

Kylie Smith oyó que alguien se aproximaba.

El hotel del casino era un hotel de clase con encanto, pero los hombres que frecuentaban el casino no tenían tanta clase.

Ya la habían abordado cuatro mientras esperaba a su amiga.

A Kylie no le gustaba que los hombres se fijaran en ella cuando no eran bien recibidos. Sabía que no era porque fuera impresionantemente guapa sino porque estaba sola y parecía que quería ligar.

Se había recogido el pelo en una coleta, se había puesto las gafas de leer con cadenita de abuela incluida y estaba leyendo su novela clásica preferida.

Su aspecto debería de haber sido suficiente como para que aquel hombre se alejara, pero no fue así.

Tal vez, fuera Tina.

Kylie levantó la mirada del libro un segundo.

No, no era ella.

A no ser que su amiga llevara ahora mocasines de cuero italiano de caballero, lo que no le parecía muy probable.

Kylie volvió a concentrarse en *The Scarlet Pimpernel*.

Pero aquel hombre olía bien. Llevaba una colonia de aroma a almizcle que le dio ganas de aspirar con fuerza.

Kylie lo miró de reojo y se quedó sin aliento.

No era guapo, pero había algo arrebatador en aquellos ojos grises, algo que hacía prever una pasión oculta y un fuego interno abrasador, dos cosas que ella nunca había tenido.

Nerviosa, Kylie se subió las gafas con el dedo e intentó calmarse porque los hombres atractivos nunca le hablaban.

–Hola –la saludó aquél sin embargo.

Tenía una voz profunda que despertó algo en Kylie que ella creía dormido desde hacía mucho tiempo.

–Hola –contestó.

–¿Le importa que me siente? –preguntó el desconocido sentándose sin esperar a que ella respondiera.

–Supongo que no.

–Ya lo sabía.

–¿Ah, sí? ¿Y eso?

–Porque es el destino.

–¿El destino?

Aquel hombre no parecía precisamente de las personas que creían en el destino y dejaban todo al azar sino, más bien, un pura sangre de acero ataviado con un traje de mil dólares que lo tenía todo bajo control.

–Todo en mí es riesgo y suerte.

–Eso no tiene nada que ver con el destino, porque el destino interviene cuando algo es para ti mientras que la suerte... no necesariamente.

–Depende de si estás destinado o no a tener buena suerte.

Aquello hizo sonreír a Kylie. Aquel hombre era encantador, aunque su encanto parecía residir en una especie de ritual. Kylie tuvo la impresión de que no era la primera mujer a la que le decía aquello.

–¿Quiere cenar conmigo?

–Pero si no lo conozco de nada.

–Deacon Prescott –se presentó el desconocido poniéndose en pie.

Kylie aceptó su mano para estrechársela, pero Deacon Prescott le acarició los nudillos y se la besó con suavidad.

Kylie se estremeció.

–¿Y usted cómo se llama?

–Kylie Smith.

–¿Le importa que me quede con usted un rato, Kylie?

Kylie quería fingir que no le interesaba, pero no era cierto. De nuevo, no le dio tiempo a contestar y el desconocido ya se había vuelto a sentar a su lado.

Lo tenía muy cerca, demasiado cerca.

–¿Qué hace usted aquí? –le preguntó Deacon.

–Estoy esperando a una persona.

–¿A un hombre?

–No es asunto suyo.

–Tiene razón. ¿A qué ha venido a Las Vegas? –continuó Deacon pasando el brazo por el respaldo de la butaca.

Kylie sintió que el calor y el aroma de su cuerpo la envolvían. Ante la tentación de acercarse a él, se alejó.

–Hemos organizado un fin de semana de chicas.

Deacon sonrió y le apartó un mechón de pelo de la cara.

Kylie se estremeció de deseo.

Normalmente, no le gustaba que la tocaran y hacía mucho tiempo que nadie lo hacía a excepción de su madre, claro, que siempre la abrazaba cuando se veían una vez a la semana para tomar el aperitivo.

–Tiene usted un pelo precioso.

¿Estaba ligando con ella? Kylie nunca sabía cuándo un hombre estaba siendo educado o cuándo estaba interesado realmente en ella.

De repente, deseó ser como Tina, que pasaba de un hombre a otro disfrutando de lo que le ofrecía cada uno.

Pero ella nunca había sido así. A ella la habían educado para casarse y tener hijos y eso era lo que ella quería de verdad en la vida.

Incluso después de que su matrimonio no hubiera ido bien, seguía queriendo encontrar al hombre adecuado y tener hijos con él, pero eso no quería decir que quisiera conocerlo en Las Vegas.

Se alejó todavía más de aquel desconocido hasta el punto de que estuvo cerca de caerse de la butaca. Entonces, él la agarró del brazo y tiró de ella.

—¿Y usted que hace en Las Vegas, Deacon?

—Yo vivo aquí —contestó él como si fuera la cosa más normal del mundo.

—¿De verdad? Perdón, no hace falta que conteste a esa pregunta. Es que todas esas campanitas me tienen el cerebro trastornado.

Aquello lo hizo reír y a Kylie se le antojó que aquella risa era extraña en un hombre que parecía tan misterioso como aquél, que tenía el pelo completamente negro y la piel aceitunada.

Tenía unas manos muy grandes y en el dedo meñique de una de ellas lucía un sello de oro con una especie de insignia que Kylie no reconoció.

Kylie se dio cuenta de que lo había examinado durante demasiado tiempo y lo miró para ver si él también se había percatado de ello.

Sí, se había percatado.

El desconocido le acarició la mejilla.

¿Por qué la tocaba? Kylie pensó que debería apartarse, pero no podía hacerlo. La indefinible emoción de sus ojos la tenía atrapada y la intensidad de su mirada la hacía sentirse especial, la hacía sentirse como si fuera una princesa de cuento de hadas y él fuera el caballero dispuesto a matar dragones para protegerla.

Kylie se sentía como si no fuera la mujer prudente y seria que era sino la compañera que un hombre elegiría para una aventura de verano.

En ese momento, le sonó el estómago y se sonrojó.

—Mi invitación para cenar sigue en pie —dijo Deacon.

—Estoy leyendo un libro muy bueno —contestó Kylie pensando que aquélla era la peor excusa del mundo.

—Nunca pensé que llegaría el día en el que a una mujer un libro le parecería más interesante que yo —se lamentó Deacon.

—Es para llorar, ¿verdad? —bromeó Kylie guardando el libro en el bolso.

Iba a aceptar, pero no quería ponérselo demasiado fácil.

—Venga, será divertido —insistió Deacon.

—No sé si me apetece que sea divertido.

—Bueno, pues amigable.

Kylie había ido a Las Vegas a pasárselo bien y quedarse en el vestíbulo del hotel leyendo no era precisamente excitante.

Además, había algo en los ojos de aquel hombre que hablaba de algo más que diversión y amistad y Kylie ya estaba harta de ser siempre cauta y prudente.

—Muy bien –aceptó.

—Nos vemos aquí dentro de una hora –dijo Deacon.

—¿Una hora?

—El destino necesita tiempo.

—Entonces, no es destino de verdad.

Deacon se encogió de hombros.

—¿Con qué me voy a encontrar? –quiso saber Kylie.

—Con algo que la va a dejar con la boca abierta –contestó Deacon guiñándole un ojo y alejándose.

Capítulo Dos

Deacon volvió a la cabina de seguridad después de haber llamado a su secretaria para enterarse de dónde estaba alojada Kylie. Le gustó enterarse de que estaba hospedada en su propio hotel.

Había hablado con el chef del restaurante para que les preparara una cena picnic y había hablado con el botones para que le dejara el Jaguar en la puerta. Por último, llamó a la floristería para que le enviaran a Kylie un bonito ramo de flores.

—Lo está haciendo muy bien —le dijo Mandetti.

—Sí, a mí lo que más me ha gustado es cuando ha estado a punto de caerse de la butaca alejándose de ti —sonrió Mac.

Deacon no hizo caso a ninguno de los dos pues solamente podía pensar en Kylie, que había vuelto a su habitación. Gracias a Martha, sabía que era la 1812, así que eligió la cámara de aquel pasillo, pero estaba vacío.

Deacon intentó no pensar en Kylie como en una mujer sino como en un medio para alcanzar un fin, la modelo sin rostro del anuncio de Ralph Lauren que tiene un niño en brazos.

Lo malo era que no era una mujer sin rostro sino una mujer inteligente y con sentido del humor.

–Te ha dado fuerte –le dijo Mac.

–¿A qué te refieres? –preguntó Deacon.

–Al gusanillo del deseo.

–Ja. Esto no tiene nada que ver con el deseo –contestó Deacon.

Aquello no era completamente cierto, pero Deacon no hablaba nunca con su amigo de mujeres porque no tenían los mismos gustos y siempre terminaban discutiendo.

Deacon se había criado con su madre y entre bailarinas de strip-tease mientras que Mac se había criado con su padre, un hombre amargado que odiaba a las mujeres y por eso su amigo creía que todo el género femenino sólo estaba interesado en una cosa: el dinero.

Sin embargo, Deacon había visto personalmente cómo el dinero podía significar la diferencia entre la vida y la muerte de una mujer de la calle.

–No parece una mujer de una noche –comentó Mandetti.

Deacon ya se había dado cuenta y sus intenciones con ella eran nobles porque parecía tenerlo todo para ser la esposa perfecta.

–No me lo puedo creer –dijo Mac.

–¿Qué es lo que no te puedes creer? –replicó Deacon girándose hacia Mandetti–. ¿Acaso no parece una mujer perfecta con la que casarse?

Mandetti asintió.

Mac se apoyó en la pared y se cruzó de brazos.

–Así que de verdad crees que te vas a casar con ella.

Deacon se encogió de hombros.

A no ser que hubiera perdido su encanto, sí, efectivamente, se iba a casar con Kylie.

–Ella no va a querer casarse contigo –sentenció Mac.

–A lo mejor, sí –aventuró Mandetti.

Tal vez, Mac tuviera razón, pero Deacon sabía que, siempre que se había propuesto algo, lo había conseguido. Por ejemplo, había conseguido tener una vida que muchos deseaban, pero que pocos alcanzaban.

–¿Qué te apuestas? –lo retó.

–Ahora hablamos en serio –contestó Mac–. ¿Con qué condiciones?

–No hay condiciones. Si la convenzo para que se case conmigo, gano –contestó Deacon.

–Muy bien, pero tienes que hacerlo en dos semanas y tiene que ser una boda de verdad.

Dos semanas. ¿Sería tiempo suficiente? Kylie parecía algo tímida, así que Deacon decidió ir con cuidado.

–Trato hecho –accedió–. Si gano, pagarás el nuevo anexo del albergue infantil –propuso Deacon.

Lo primero que había hecho al tener dinero, había sido construir un albergue infantil para los niños de Las Vegas, un lugar en el que estuvieran a salvo para que no tuvieran que estar en la calle mientras sus padres jugaban o trabajaban en los casinos.

—Está bien. Si gano yo, tendrás que pagar una cena medieval en el Chimera —propuso Mac.

En ese momento, sonó el teléfono móvil de Mandetti y Deacon lo oyó maldecir en italiano.

—Déjame en paz, ángel. Acabo de empezar.

—¿Lo ves? —intervino Mac—. Las mujeres no dan más que problemas.

—Me voy a hablar fuera —dijo Mandetti saliendo de la habitación.

Mac lo siguió pues tenía cosas que hacer.

Una vez a solas, Deacon se sentó y siguió observando las pantallas.

Kylie salió de su habitación y la vio avanzar por el pasillo. De repente, se mordió el labio inferior y volvió hacia la puerta de su dormitorio.

Deacon pensó que no iba a acudir a su cita, así que descolgó el teléfono y habló con recepción para que le pasaran inmediatamente con ella.

Había que empujarla un poco.

—Hola, ángel —la saludó intentando fingir naturalidad.

¿Por qué le importaba tanto aquella mujer? Si perdía la apuesta con Mac, lo único que iba a perder iba a ser dinero y, además, había otras muchas mujeres respetables en el mundo.

Sin embargo, había algo en Kylie Smith que él quería.

–¿Deacon?

–¿Quién iba a ser?

–No creo que me conozcas lo suficiente como para llamarme ángel –le espetó Kylie.

–Te conoceré lo suficiente después de esta noche –contestó Deacon en tono sensual.

Deacon estaba convencido de que Kylie quería cenar con él, pero se dio cuenta de que estaba yendo demasiado rápido.

–Eh... respecto a la cena...

–No te irás a echar atrás ahora, ¿verdad? –le dijo en voz baja.

Una de sus ex novias le había confesado que, cuando le hablaba así, no podía negarle nada.

–Bueno...

Estaba dudando.

–Arriésgate. Estás en Las Vegas, ángel, y en esta vida hay que arriesgarse de vez en cuando.

–¿Tú eres arriesgado?

–Contigo, no –contestó Deacon sinceramente.

Quería que aquella mujer se sintiera a salvo con él, a salvo y segura, quería que supiera que no la iba a emborrachar, que no quería acostarse con ella y desaparecer a la mañana siguiente.

–Sólo vamos a cenar –le aseguró.

Kylie volvió a dudar.

Deacon creyó que iba a decir que no.

–Está bien, ahora bajo –contestó sin embargo.

–Bien.

Deacon colgó el teléfono y se dirigió al vestíbulo. Cuando llegó, Kylie lo estaba esperando junto a la fuente, pero no se parecía a la mujer que él había visto a través de la cámara de seguridad.

Llevaba el pelo suelto, que le caía en cascada sobre los hombros, y el vestido marcaba las curvas de su cuerpo dejando al descubierto sus bellísimas piernas.

El deseo se apoderó de Deacon y se dio cuenta, porque se conocía bien a sí mismo, de que seducir a aquella mujer lentamente iba a ser un infierno.

Kylie había cambiado de opinión y de ropa unas cincuenta veces en la hora que había transcurrido desde que se había despedido de Deacon Prescott en el vestíbulo.

Si no hubiera sido porque la había llamado por teléfono, se habría quedado en su habitación tomándose una hamburguesa con queso y leyendo su libro, pero allí estaba en el vestíbulo esperando a un hombre que hacía que se le acelerara el corazón.

Aquello no encajaba con la prudente ayudante de administración que era en su vida normal, así que había estado a punto de llamar a su madre para que le dijera por qué la prudente y cauta Kylie Smith no debía estar en Las Vegas.

Pero ya estaba más que harta de ser prudente y cauta.

Había hablado con sus amigas antes de bajar y ellas habían quedado con unos chicos que habían conocido para jugar en el casino, así que habían acordado verse todas en el vestíbulo a medianoche.

Kylie miró el reloj y, al levantar la mirada, se encontró con Deacon Prescott yendo hacia ella.

Sintió que el aire no le llegaba a los pulmones.

Sus ojos se encontraron y Kylie tuvo la sensación de que no había nadie más en aquel vestíbulo.

Deacon paseó su mirada por su cuerpo, haciéndola sentirse la mujer más deseada del mundo. A continuación, se acercó a ella y Kylie deseó ser como él y poder tocarlo con naturalidad porque era lo que más le apetecía hacer en aquellos momentos.

–Estás preciosa –dijo Deacon pasándole el brazo por los hombros y dándole un beso en la mejilla.

Aquellas palabras le llegaron al alma porque ella siempre había sido la hermana simpática. No la guapa ni la inteligente, sino la simpática.

Kylie dio un paso atrás porque no sabía cómo comportarse con aquel hombre. Ningún hombre la había hecho sentir lo que Deacon la hacía sentir, millones de cosas a la vez.

Le hacía tener la esperanza de que fuera

23

verdad que le había dicho que estaba preciosa en serio, pero lo dudaba.

—Ha sido un cumplido —le dijo Deacon agarrándola del codo para salir a la calle—. Deberías darme las gracias.

—Perdón.

—Me ha parecido ver algo en tus ojos que me indica que no me crees.

—Es porque mi padre es irlandés y ya me han dado toda la coba que me tenían que dar cuando era pequeña.

—No creo que haya sido el primer hombre en hacerte un cumplido.

Kylie apartó el brazo y se puso el bolso en el hombro. No quería mantener aquella conversación.

—¿Te importaría que habláramos de otra cosa?

Lo cierto era que la tentación de creer las palabras de aquel hombre era muy fuerte, quería creerlas, como había creído las mentiras de Jeff, pero ya no tenía dieciocho años sido veintiocho y ahora era mucho más lista.

Deacon la volvió a agarrar del brazo y la condujo a la puerta del hotel, donde un botones de dio las llaves de un Jaguar descapotable y lo saludó con un respetuoso «aquí tiene su coche, señor Prescott».

Kylie sospechó que Deacon era algo más que un simple huésped del hotel.

Mientras conducía y escuchaban a Ella Fitzgerald, iba atardeciendo y Kylie sentía la brisa en el pelo y cerró los ojos para disfrutar del momento.

–No eres un simple huésped del casino, ¿verdad? –le preguntó con la cabeza inclinada hacia atrás.

–No, soy el dueño –contestó Deacon.

Kylie lo miró de soslayo. Deacon tenía un perfil duro, como cincelado por un escultor, y había algo muy masculino en él que despertaba todos los sentidos femeninos que había en ella.

De repente, Kylie tuvo la certeza de que su lugar en la vida estaba junto a aquel hombre. Aquello jamás le había ocurrido excepto en el pequeño jardín de su casa, donde se sentía perfectamente a gusto.

–¿Y qué hay que estudiar para ser el dueño de un casino? ¿Hay una escuela de casinos?

–Más o menos, yo aprendí trabajando para otros.

–Pues debías de ser el empleado del mes.

–Más bien, no –sonrió Deacon.

Al cabo de unos cuantos kilómetros, Kylie se dio cuenta de que habían salido de la ciudad y de que no parecía haber restaurantes cerca.

–¿Dónde vamos a cenar? –quiso saber.

–En un lugar íntimo.

–Oh –dijo Kylie sintiendo que la sangre se le aceleraba en las venas y entrelazando los dedos para que no se notara lo nerviosa que estaba.

–No te asustes, no soy el lobo feroz –sonrió.

A Kylie le hubiera gustado que lo fuera y que ella fuera Caperucita Roja.

Deacon salió de la autopista y tomó un camino solitario. De repente, paró el coche. El sol se había ocultado y la luna asomaba por el horizonte.

De joven, el desierto siempre había sido el lugar al que huía cuando la vida de la ciudad lo agobiaba y quería esconderse.

Esa noche lo había vuelto a hacer, pero por otros motivos.

Quería conocer a Kylie sin la presión de saber que, fueran donde fueran, iba a haber una cámara observándolos porque conocía bien a Mac y sabía que criticaría cualquier error de su comportamiento con ella.

–¿Ya hemos llegado? –preguntó Kylie nerviosa.

–Sí –contestó Deacon.

–¿Es una cena picnic?

–Has acertado –sonrió Deacon.

–¿Te ayudo?

–No, esta noche es para ti –contestó Deacon bajándose del coche–. Pon la música que te apetezca y yo me ocupo de todo lo demás.

Dicho aquello, puso una manta de cachemira en el suelo, abrió una botella de vino para que respirara y colocó los platos de porcelana sobre la manta.

La cena que les había preparado el chef todavía estaba caliente. Bien. Oyó la voz de Louis Armstrong y, al cabo de unos segundos, Kylie apareció a su lado.

Deacon le indicó que se sentara y le sirvió la cena. Kylie obedeció y probó la comida con cautela. Se notaba que estaba nerviosa.

—Relájate.

—Lo estoy intentando —contestó Kylie mirando a su alrededor—. Es que no estoy acostumbrada a esto.

—¿No te gusta cenar al aire libre?

Kylie miró el cielo, que estaba despejado. Había un montón de estrellas y se fijó en ellas mientras comía.

Deacon pensó que, cuando no se sabía observada, era cuando se comportaba con mayor naturalidad.

—No es eso, sino que no estoy acostumbrada a salir con hombres —contestó.

—¿Y eso?

—Mi madre dice que es por el divorcio.

Estaba divorciada.

Deacon no había contado con que su futura esposa ya hubiera probado las mieles del matrimonio y se encontró queriéndolo saber todo.

—¿Y tiene razón?

Kylie se encogió de hombros, probó el vino y se quedó mirando el desierto.

Deacon se dio cuenta de que no iba a añadir nada más. Había cierta tristeza en sus ojos que hacía que le dieran ganas de abrazarla y prometerle que no le iba a pasar nada nunca más.

—¿Por qué terminó tu matrimonio?

—No creo que te interese.

—Claro que me interesa. Todo lo que te ha convertido en la mujer que eres hoy en día me interesa.

—No hace falta que te esfuerces tanto.

Deacon dejó la copa de vino sobre la manta y pensó que lo único que le estaba costando un gran esfuerzo era no tocarla, no besarla.

—¿A qué te refieres?

—A que no hace falta que te esfuerces tanto para quedar bien conmigo.

—Ángel, no sabes lo que dices.

—Eso ya me lo han dicho antes —replicó Kylie cruzándose de brazos.

Deacon se bebió la copa de vino y deseó que fuera un whisky doble.

—No me extraña que no salgas con hombres.

—¿Por qué dices eso? —se defendió Kylie.

—Exactamente por lo que crees, porque eres muy difícil.

—Eso ya me gusta más.

—¿El qué?

—La sinceridad. Sé que pongo muchas trabas, pero quiero que entiendas que halagándome no vas a conseguir nada de mí.

—¿Por qué?

—Porque mi ex marido me enseñó una lección sobre la verdad y los hombres que jamás olvidaré.

Deacon no quería saber nada de los hombres que había habido en la vida de Kylie, aunque sospechaba que no había habido muchos porque, tal y como ella había dicho, no solía tener citas y, además, tenía una mirada tan dura que los debía de mantener a raya.

Kylie suspiró.

—Los hombres buscan unas cosas y las mujeres buscamos otras.

—¿Y qué buscamos los hombres?

Deacon se había preguntado muchas veces qué era lo que creían las mujeres que buscaban los hombres y, además, quería saber la opinión de su ex marido.

—Una mezcla de Martha Stewart, Cindy Crawford y Madeline Albright.

—¿Y qué buscan las mujeres?

—Que las quieran por lo que son, no por lo que un hombre quiere que sean —contestó Kylie.

De repente, se puso en pie y se quedó mirando el paisaje y Deacon se dio cuenta de que no estaba viendo el presente sino el pasado y a la mujer que era entonces y al hombre que no supo quererla.

Entonces, se prometió a sí mismo no cometer el mismo error que su ex marido.

Capítulo Tres

Deacon no sabía qué tipo de hombre era el ex marido de Kylie, pero la había dejado confundida sobre lo que querían los hombres.

Deacon era muy claro con sus deseos porque estaba convencido de que el buen amante hacía que la mujer con la que estuviera se sintiera como una supermodelo y decidió hacer que Kylie se diera cuenta de lo deseable que era.

El amor ya era una cuestión diferente.

Deacon había aprendido hacía mucho tiempo que era sólo una ilusión. Todos los días veía a parejas que se casaban en Las Vegas y que se juraban amor eterno, pero él sospechaba que esa eterna devoción sólo duraba su estancia en la tierra de los casinos y las discotecas, un mundo que no era el real.

A los veintiocho años se había prometido a sí mismo que el amor no entraría en su vida y nunca había faltado a su palabra.

Ahora, tampoco tenía la intención de hacerlo.

–Las mujeres de las que hablas, Kylie, no son las que a mí me gustan. Claro que yo me crié rodeado de bailarinas de strip-tease.

Kylie lo observó atentamente.

–¿Tu madre también lo era? –preguntó.

Deacon no quería hablar sobre su pasado, pero tampoco quería perder a Kylie haciéndola creer que era como cualquiera de los hombres que había conocido porque no lo era. A no ser, claro, que Kylie hubiera frecuentado a presidiarios.

Deacon nunca había estado en la cárcel, pero había sido sólo cuestión de suerte y de determinación.

–Más o menos.

–¿Qué tipo de respuesta es ésa?

Una respuesta evasiva con la que Deacon había querido esquivar el tema, pero obviamente no lo había conseguido.

–Dejó de bailar cuando yo nací.

–¿Y dejó de trabajar en los casinos?

–No, porque no sabía hacer otra cosa. Después de dejar el baile, se puso a ayudar con la ropa y el maquillaje y esas cosas.

–¿Y tu padre?

–Nos abandonó antes de que yo naciera.

–Oh, lo siento.

–No lo sientas –dijo Deacon.

Sinceramente, a él no le importaba no tener padre porque había aprendido todo lo que necesitaba saber de Ricky la rata cuando era pequeño y de Mac y otros tipos como él cuando había crecido.

–¿Siempre has vivido en Las Vegas?

–Sí –contestó Deacon.

Lo cierto era que no se veía viviendo en otro lugar. Llevaba aquella ciudad en la sangre, le rejuvenecía.

Deacon se dio cuenta de que Kylie ya no lo miraba preocupada, parecía que se había relajado charlando.

–¿Y tú de dónde eres? –le preguntó.

–De todas partes –contestó Kylie–. Mi padre era militar, así que no vivíamos más de tres años seguidos en el mismo sitio.

–¿Y ahora?

–Después de divorciarme, me compré un bungaló en Glendale, en California, y planté un jardín, así que no tengo intención de moverme de allí jamás.

–¿Y si te vuelves a casar?

–No lo sé. En cualquier caso, ya te he dicho que no salgo con hombres, así que no creo que me vuelva a casar.

La brisa del desierto hizo que Kylie se estremeciera levemente y Deacon se quitó la chaqueta y se la puso sobre los hombros.

Kylie sonrió y le dio las gracias, pero seguía mirándolo con cautela.

Deacon no entendía por qué las mujeres necesitaban ponerle una etiqueta a todo lo que sentían, por qué tenían aquella necesidad de analizarlo todo. Por lo menos, eso era lo que su madre hacía.

Quería que Kylie confiara en él porque, de lo contrario, jamás accedería a ser su esposa.

Deacon recogió los platos y los cubiertos y le

sirvió la última copa de vino, pero Kylie no la probó, se limitó a jugar con ella.

Tenía unos dedos largos y delgados y Deacon se imaginó que lo acariciaban, tal y como en esos momentos estaba haciendo con la copa. Kylie se mojó los labios y se acercó a él levemente.

—Tengo dos preguntas —declaró.

—Dispara —contestó Deacon.

—¿Te puedo tocar?

—Por supuesto —contestó Deacon sinceramente, sintiendo que se le había acelerado el pulso.

A pesar de que no tenía intención de que la primera vez que se acostara con su futura mujer fuera en el desierto, la propuesta le pareció demasiado tentadora como para decir que no.

Sintió los fríos dedos de Kylie en la cara.

Le acarició la mandíbula y el rostro lentamente haciendo que Deacon sintiera que se le endurecía la entrepierna.

La tomó de la nuca y la acercó a él porque necesitaba besarla, explorar sus secretos femeninos.

Se inclinó sobre ella y sintió su aliento mientras sus manos recorrían su cara y ella lo miraba con los ojos muy abiertos.

Deacon esperó pacientemente a que le metiera los dedos entre el pelo y lo urgiera a besarla. No necesitó demasiado empuje pues tenía más que decidido que aquella mujer era para él.

Intentó controlarse, pero no pudo porque Kylie era todo lo que había buscado siempre en una mujer y ahora la tenía entre sus brazos, así que la besó con pasión.

Saboreó su boca y la sentó en su regazo para besarla más profunda y cómodamente.

Kylie siguió acariciándole la cara lentamente hasta que aquellas caricias dominaron a la fiera que había dentro de Deacon, que se apartó levemente y la miró.

Quería volver a besarla, pero sabía que si lo hacía no podría parar, así que se controló tomando aire varias veces y mirando al cielo.

–¿Cuál era la otra pregunta?

–¿Cómo?

–Has dicho que tenías dos preguntas –repuso Deacon abrazándola.

–Ah, sí. La otra pregunta es por qué me has invitado a salir.

–Porque me siento atraído por ti –contestó Deacon.

–¿Sólo por eso?

Deacon no sabía qué quería Kylie de él, pero sabía que decirle que se quería casar con ella no era lo mejor.

–¿Debería haber algo más?

–Me gusta tenerlo todo bien planeado.

–No te sigo, Kylie.

–Sólo quiero saber dónde nos va a llevar esto –contestó Kylie apartándose de él–. Te advierto que no soy de esas mujeres con las que se puede tener una aventura de una noche.

–Ya lo sé –le aseguró Deacon pensando que, precisamente por eso, le gustaba.

Se hizo el silencio.

–Pues es que tú a mí me haces olvidarlo –confesó Kylie al cabo de un rato.

Sus palabras fueron como un guante de terciopelo sobre la entrepierna de Deacon, que se moría por hacerla suya.

–Ángel, a veces, tu sinceridad es mortal.

–Yo soy así –dijo Kylie retorciéndose los dedos.

–Ven aquí y deja que te abrace.

–No sé si es una buena idea.

–Sí, sí lo es.

–Deacon, no me quiero acostar contigo aquí en medio.

–Pues el beso que me has dado decía todo lo contrario.

–Precisamente por eso estoy intentando dar marcha atrás, porque me haces olvidar cosas que para mí son importantes.

Deacon asintió y le acarició la cara con ternura.

Era muy diferente a las mujeres con las que estaba acostumbrado a salir, así que se controló para simplemente rozarle la frente con los labios.

–Jamás te obligaría a hacer algo que tú no quieras –le aseguró.

«Jamás te obligaría a hacer algo que tú no quieras».

35

Kylie pensó que, seguramente, no tendría que insistir mucho para convencerla.

Estaba dispuesta a creer todo lo que Deacon le decía y eso era señal de que su cuerpo, el muy traidor, había tomado el control de la situación.

Sin embargo, su cerebro, mucho más prudente, sabía que no debía entregarse a un hombre de voz ronca y manos mágicas.

Había algo en los ojos de Deacon que le indicaba que aquel hombre era diferente a Jeff. Aquel hombre la hacía sentirse deseable, algo que Kylie no sentía desde hacía mucho tiempo, ya que era cierto que no salía con hombres.

Su ex marido le había hecho mucho daño a su feminidad intentando convertirla en lo que él quería que fuera, en su mujer perfecta y los hombres con los que había salido inmediatamente después de su divorcio estaban cortados por el mismo patrón.

Sin embargo, Deacon no era así.

Kylie sabía que había intentado seducirla con aquella escena tan exquisita bajo las estrellas, pero su reacción ante sus caricias había sido instintiva, no planeada, de eso estaba segura.

El jazz seguía sonando y Kylie pensó que aquella velada era una noche de ensueño, pero debía ser inteligente y no dejarse llevar porque la última vez que había creído en los cuentos con final feliz había terminado sola en un dúplex destartalado con un montón de facturas que no podía pagar y la autoestima por los suelos.

No quería volver a aquello ni siquiera por la increíble promesa de placer que le ofrecían los brazos de Deacon.

El mundo de Deacon era muy diferente al de su ex marido, pero seguía siendo un hombre y Kylie sabía que para la mayoría de los hombres ella representaba a una cierta mujer ideal.

Ninguno se había molestado jamás en averiguar qué había detrás de aquella cara y de aquel cuerpo.

Sin embargo, Deacon era diferente. Sus palabras y su sinceridad habían llegado al corazón de Kylie y, aunque sabía que no quería una aventura para las vacaciones, lo cierto era que lo deseaba.

Odiaba tener aquellas luchas internas. El hecho era que deseaba a aquel hombre. ¿Por qué se complicaba tanto la vida?

Estaba prácticamente convencida de que, en aquellos momentos, Tina estaría acostándose con el hombre al que había conocido aquella misma tarde en el casino.

Su amiga siempre tenía unas aventuras maravillosas y no era que Kylie fuera una estrecha ni que tuviera que estar casada para acostarse con un hombre, pero necesitaba saber que había algo más que sexo.

Deacon la miró y Kylie se sintió de repente como si le estuviera leyendo el pensamiento.

Aquello hizo que se sintiera insegura y que se subiera el cuello de la chaqueta.

Qué bien olía.

–No sé qué decir –confesó pensando que tendría que haberse quedado leyendo en la habitación.

El libro que estaba leyendo era sencillo, era fácil porque lo había leído varias veces y sabía lo que iba a pasar.

Deacon, sin embargo, no era predecible y eso le preocupaba porque pasar la velada con él era maravilloso, pero también era muy arriesgado porque le podía romper el corazón.

Kylie deseó no haber salido jamás de su pequeño mundo, en el que se encontraba a salvo. Nada más subirse al avión que debía llevarla a Las Vegas, había sabido que se había adentrado en un mundo desconocido que la iba a llevar a algo nuevo.

–¿Qué es lo que te ha asustado? –le preguntó Deacon acariciándole el escote.

Kylie sintió un escalofrío de placer y se dio cuenta de que había estado intentando evitar la reacción física que aquel hombre provocaba en ella porque no estaba segura de saber controlarla.

–Quiero que sepas que te deseo –confesó Deacon besándola con pasión.

Kylie le pasó las manos por la nuca y lo besó también dándose cuenta de que jamás había deseado tanto a un hombre.

Su cuerpo había reaccionado ante las palabras de Deacon, sus pechos habían tomado volumen y los pezones se le habían endurecido.

Lo único que Kylie deseaba era sentir las manos y la boca de Deacon sobre ellos. Sentía también una cascada entre las piernas que la hizo acercarse a él.

Deacon se echó hacia atrás con ella encima y Kylie pensó que aquello se le estaba yendo de las manos y que lo único en lo que podía pensar era en que necesitaba sentir a aquel hombre dentro de su cuerpo.

Deacon le acarició la espalda y se colocaron de lado. Acto seguido, Deacon le acarició el pecho izquierdo y Kylie se tensó esperando sentir sus dedos en el pezón, pero no fue así.

Deacon la abrazó con fuerza y Kylie sintió su erección entre las piernas. Al sentir que Deacon se apartaba de ella de repente, se preguntó por qué.

–Yo...

–Ángel, nunca te haría daño –le aseguró Deacon acariciándole la mejilla y el labio inferior con el pulgar.

–Eso tú no lo puedes controlar –contestó Kylie–. La única que lo puedo controlar soy yo.

–Confía en mí –dijo Deacon con voz ronca.

Kylie estuvo tentada, en un momento de debilidad, a decir lo que fuera con tal de que Deacon siguiera tocándola, pero no lo hizo.

La confianza y la sinceridad iban de la mano, pero Kylie había aprendido por las malas que su confianza era frágil y fácil de romper.

Deacon seguía acariciándole el labio inferior y la estaba volviendo loca, así que Kylie echó la cabeza hacia atrás.

–La confianza no es tan fácil de ganar.

–¿Por qué no?

A pesar de todo el dinero que tenía y de sus modales corteses, Deacon era un hombre muy primario y Kylie ya se había dado cuenta, aunque se conocían desde hacía poco tiempo, de que los utilizaba como un escudo.

–Porque la confianza es un vínculo y hace falta mucho más que unos besos para que yo confíe en una persona –contestó–. Yo necesito mucho tiempo para estar a gusto con alguien.

–No me ha parecido lo mismo hace unos minutos.

–Deacon, eso no ha sido confianza.

Deacon levantó una ceja.

–Eso han sido las feromonas, ha sido química y todos los hombres reaccionáis igual ante ella.

–Yo no soy como tu ex marido.

–Claro que no. Hay algo en tus ojos... algo salvaje... algo indomable.

Deacon la miró a los ojos, pero no dijo nada y Kylie se preguntó si lo habría ofendido.

¿Le habría hecho lo que temía que él le hiciera a ella? ¿Se habría limitado a mirar la superficie del exitoso propietario de un casino y nada más? Por lo que Deacon le había contado de su pasado, sabía que tenía que haber trabajado mucho para llegar tan lejos.

También sabía que estaba completamente a salvo con él porque jamás le haría daño ni se aprovecharía de ella y eso era precisamente lo peor porque Kylie ya estaba empezando a confiar en él.

–¿Qué tipo de hombre eres? –le preguntó.

–El único hombre para ti –contestó Deacon besándola y haciendo que Kylie se sintiera especial y tentada a creerlo a pesar de que sabía que ella no era la mujer para él.

Capítulo Cuatro

Deacon le indicó que volviera al coche porque no quería perder el control y hacerle el amor allí mismo.

Una vez en el interior del vehículo, quitó a Louis Armstrong y puso una emisora de radio de rock.

Kylie lo sorprendió cantando la canción de Creed que estaba sonando.

Deacon aceleró y Kylie le puso la mano en el muslo. Fue un gesto tentativo, no avaricioso, un gesto como el que haría una pareja casada.

Aquello agradó a Deacon.

Sin duda, estarían casados en poco tiempo.

–¿Cómo era vivir en Las Vegas de pequeño? –preguntó Kylie–. Una vez nosotros estuvimos en Nellis, pero sólo tenía ocho años y no me dejaban venir a la ciudad.

–Crecer en Las Vegas es igual que crecer en cualquier otro sitio –contestó Deacon.

Lo último de lo que quería hablar con Kylie era de su pasado y de sí mismo. De hecho, cuanto menos supiera del verdadero Deacon Prescott, mejor.

–¿A qué te refieres?

42

–Al colegio y esas cosas –contestó Deacon tomándole la mano y besándosela.

–Deacon...

–Háblame de ti. Aparte de en Nellis, ¿dónde más viviste de pequeña?

–En San Diego, en Alemania, en Florida, en un montón de sitios. Mi hermana mayor, Ramona, la inteligente, calculó un día los kilómetros y sabe exactamente los que hemos recorrido desde que nacimos.

–¿Tienes más hermanas?

–Sí, tengo otra que se llama Jessica, que es la guapa. Siempre tiene a un montón de pretendientes que la siguen a todas partes. Cuando estuvimos en Hawai, hizo que nos construyeran un balancín.

–Si Ramona es la inteligente y Jessica la guapa, ¿qué hermana eres tú?

–La normal y corriente.

Deacon pensó que Kylie no se daba cuenta de que era única y especial.

–Kylie, eres muchas cosas, pero te aseguro que no eres normal y corriente.

–Gracias.

–No lo dices muy convencida.

–Es que, aunque estoy oyéndotelo decir, me cuesta creerlo porque sé que soy normal y corriente.

En ese momento, Deacon se prometió a sí mismo que, aunque no consiguiera casarse con ella, le iba a demostrar a Kylie Smith que era sensual y dulce.

Kylie decidió cambiar de tema y se puso a contarle con pelos y señales la historia de cómo aquellos chicos de Hawai les habían construido un balancín durante cinco días.

Cuando llegaron al Golden Dream, Deacon le hizo una señal al portero para que esperara hasta que Kylie terminara de hablar.

Le gustaba oírla hablar de su familia. Le daba la impresión de que era una familia muy unida y eso era otro punto positivo a favor de Kylie, pues Deacon quería una familia así.

Al entrar en el vestíbulo del hotel, comprobó que eran las doce menos diez. Allí estaba Angelo Mandetti hablando con un empleado. Deacon le hizo una señal con la cabeza para indicarle que se reuniría con él en unos minutos.

–Llego justo antes de la medianoche, como la Cenicienta –comentó Kylie.

–Espero que yo tenga un poco más de suerte que el príncipe y me dejes algo más que un zapato –contestó Deacon guiándola hasta un pequeño patio en el que había un banco bajo un enorme árbol.

–¿Qué quieres? –preguntó Kylie

Deacon quería mucho, lo quería todo, pero no podía pedirle tanto en la primera cita.

–Quiero otro de tus besos.

–Sólo uno –contestó Kylie mirándolo con un brillo especial en los ojos.

–De momento –dijo Deacon apoderándose de su boca.

44

Dejó un espacio respetable entre ellos, pero con los labios demostró lo que le gustaría hacerle algún día.

Kylie le puso las manos en los hombros y Deacon abrió los ojos y vio que ella los tenía cerrados. En ese momento, Kylie se puso de puntillas y ladeó la cabeza para dejarle mejor acceso a su boca.

Deacon aprovechó la oportunidad sin pensárselo dos veces y disfrutó de la esencia de aquella mujer que lo volvía loco.

No quería parar. Había un sofá allí al lado donde podrían terminar de manera natural aquello que habían empezado, pero no podía ser.

Deacon lo habría hecho con cualquier otra mujer, pero no con la que quería que se convirtiera en su esposa.

—Oh, Deacon.

«¿Oh, qué?», se preguntó Deacon, pero Kylie no añadió nada más.

—Te acompaño al ascensor —se ofreció Deacon.

—No, he quedado con mis amigas en el bar.

—Entonces, te acompaño al bar.

—Muy bien, gracias.

Deacon la agarró del codo y la escoltó a través del vestíbulo. Angelo Mandetti se reunió con ellos y Deacon los presentó.

—Encantado de conocerla —declaró el italiano.

—Lo mismo digo —contestó Kylie.

—Kylie ha quedado con sus amigas en el bar —dijo Deacon—. ¿Quieres que empecemos nuestra ronda por allí? —añadió mirando a Mandetti.

—Me parece bien.

Al entrar en el bar, Kylie miró a su alrededor y se mordió el labio inferior.

—¿Qué ocurre? —preguntó Deacon.

—No están, así que me voy a la habitación.

—¿Quieres venirte con nosotros?

—No quiero molestar.

—Yo sólo voy a observar un poco —la informó Mandetti.

—Entonces, me encantará —sonrió Kylie.

Deacon intentó no sentirse molesto porque sus amigas hubieran dejado plantada a Kylie o no emocionarse por haber conseguido hacerla sonreír después de aquello, pero lo cierto era que aquella mujer le importaba y no sólo por la apuesta.

Kylie se dijo una y otra vez que era obvio que Deacon sólo buscaba una cosa, pero sabía que no era cierto.

Aunque no quería volver a arriesgar el corazón y sabía que Las Vegas no era el lugar adecuado para enamorarse, no podía evitarlo y su corazón ya estaba empezando a pertenecer a aquel hombre misterioso.

—Éste es el casino principal —dijo Deacon—. Allí atrás tenemos dos salas para jugar al póquer y unas cuantas salas vip para clientes que apuestan fuerte.

Kylie se dio cuenta de que Deacon y Mandetti se parecían mucho. Caminaban igual, con la misma soltura y la misma confianza en sí mismos.

–¿Tú juegas? –le preguntó Deacon.

–No. He jugado a unas cuantas máquinas tragaperras en el aeropuerto y en el vestíbulo, pero nada más.

Deacon no dijo nada, como era su costumbre. Aquel hombre era realmente callado y no contaba nada de su vida personal. Kylie sólo sabía que había crecido en Las Vegas y que su madre había sido bailarina de strip-tease.

–Esto es la ruleta, ¿no? –preguntó cuando se acercaron a una mesa cubierta por un tapete verde.

–Sí –contestó Deacon–. ¿Quieres jugar?

–No sé cómo se juega.

–Es muy fácil. Yo te enseño.

Dicho aquello, Deacon le hizo una señal a uno de los empleados uniformados, que se acercó.

–Necesito fichas –le dijo entregándole cinco billetes de cien dólares.

Kylie sintió que la habitación le daba vueltas. Jamás había tenido quinientos dólares en el bolsillo y, menos, quinientos dólares para gastar en un casino.

–No sé si es buena idea –comentó–. Nunca he tenido mucha suerte.

—Pero yo sí —contestó Deacon.

Mandetti se rió.

El empleado volvió con una bandeja llena de fichas y Deacon tomó a Kylie de la cintura y la acompañó hasta el grupo de personas reunidas en torno a la mesa de la ruleta.

Deacon le indicó que se pusiera al lado de la mesa y él se colocó detrás de ella. A continuación, puso la bandeja sobre la mesa.

—La señorita quiere jugar, Ben —le dijo Deacon al crupier.

—Estupendo, vamos allá —contestó el hombre girando la ruleta.

Deacon tomó un montón de fichas de la bandeja.

—¿Cuál es tu número de la suerte? —le preguntó.

—No tengo ninguno —contestó Kylie.

—Menos mal que yo sí.

Deacon dejó el montón de fichas sobre un cuadrado negro con el número siete.

—¿Y ahora qué hacemos? —quiso saber Kylie.

—Esperar a que la ruleta se pare y veamos dónde cae la bola —contestó Deacon acariciándole el brazo.

Kylie siguió con interés los vaivenes de la bola sobre la ruleta y, cuando se paró, vio que lo había hecho en negro, pero no llevaba puestas las gafas y no veía el número.

Cuando Deacon le apretó el brazo y la besó en la mejilla, supo que habían ganado.

Ben puso delante de ella la misma cantidad de fichas que Deacon había apostado.

–Seguimos –anunció Deacon.

–¿Por qué? –preguntó Kylie.

–Porque, cuando se tiene buena suerte, hay que tentarla.

–¿Y sigues ganando?

–A veces.

–¿No es un poco arriesgado?

–El que algo quiere, algo le cuesta –contestó Deacon.

La ruleta volvió a girar y Deacon y Kylie ganaron por segunda vez, pero Kylie agarró las fichas antes de que a Deacon le diera tiempo a volver a apostar.

–Creo que ya sé cómo se juega.

–¿Qué te pasa?

–Nada, pero no quiero deberte quinientos dólares.

–Jamás te los pediría.

–No quiero que pierdas. Tú tienes suerte, Deacon, pero yo no.

Deacon se giró hacia Mandetti.

–¿Te importa dejarnos solos un momento?

–Claro que no. Me voy a quedar con Ben un rato más y luego voy a ir a hablar con los crupiers de black jack.

Deacon se llevó a Kylie hasta una puerta en la que ponía *privado*. La abrió y pasaron a un pasillo elegantemente decorado y silencioso.

«Todo lo que rodea a este hombre es de primera», pensó Kylie.

Incómoda, se dio cuenta de que su vida no tenía nada que ver con aquello y se preguntó si Deacon se habría siquiera fijado en ella si no hubieran estado en Las Vegas.

—¿Adónde vamos?

—A mi despacho. Quiero hablar contigo en un sitio tranquilo.

—¿De qué?

—De la suerte.

—¿Qué pasa con la suerte?

—Quw hay que forzarla un poco, Kylie. De lo contrario, puedes terminar amargada y sola.

—Me parece que eso es pedirle demasiado a la suerte.

—No estoy de acuerdo en absoluto. La suerte es lo que tú quieres que sea.

—Deacon, tú no necesitas suerte porque tienes una fuerza de voluntad como jamás la había visto antes.

—Me alegro de que te hayas dado cuenta —sonrió Deacon.

—¿Por qué?

—Porque ahora mismo quiero una cosa y no voy a parar hasta que la consiga.

En otras circunstancias, a Kylie le hubiera dado miedo preguntar a qué se refería, pero, por cómo la miraba, supo que se refería a ella.

¿Y qué? ¿Acaso no había decidido que en aquel viaje no quería ser cauta ni prudente?

—¿Te refieres a mí?

Deacon abrió la puerta de su despacho y

ambos entraron. La estancia estaba en penumbra y Deacon la tomó entre sus brazos.

—Sí —contestó besándola.

—Creía que habíamos venido a hablar —dijo Kylie.

Deacon había olvidado que la había sacado del casino con aquella promesa y se dio cuenta de que seducir lentamente a aquella mujer iba a ser más difícil de lo que había previsto.

Por una parte, era su futura esposa y quería tratarla de cierta manera porque quería comportarse con ella como el caballero que siempre había querido ser. Era duro darse cuenta de que, a pesar de que tenía mucho dinero, a veces seguía comportándose como un chico de la calle.

—Sí, hablemos —contestó—. Íbamos a hablar de la suerte.

—Creo que ya hemos hablado bastante de la suerte esta noche. Quiero saber más cosas acerca de ti —dijo Kylie.

—De mí ya hemos hablado. Ven aquí. Mira, desde aquí se ve nuestro El Dorado. Está a punto de llegar la hora en la que se forma una cascada de oro en el lateral.

—Ya la vi ayer.

Deacon no dijo nada, pero se quedó mirando por la ventana el pequeño mundo que había creado. Kylie le pasó el brazo por la cintura y apoyó la cabeza en su hombro.

Deacon quería que se convirtiera en su esposa, pero no quería contarle los detalles de su vida y de su pasado, pues había límites que no permitía que nadie cruzara... ni siquiera la mujer con la que había decidido casarse.

—Desde aquí no se ve bien. Ven, te voy a llevar a un lugar especial que todavía no has visto.

—¿Deacon?

—Dime.

—Estoy un poco confundida porque creía que querías algo de mí.

—Así es.

—Entonces, ¿a qué viene esto ahora?

Deacon tomó aire y sintió que estaba a punto de perderla.

—Hay ciertos aspectos de mi vida que no comparto con nadie.

—¿Qué aspectos?

—Mi pasado, así que, por favor, no me vuelvas a preguntar por él.

Kylie no dijo nada, pero se cruzó de brazos y levantó el mentón en actitud desafiante. Deacon se dio cuenta de que se había enfadado y no la culpó por ello.

Aquello podía dar al traste con sus planes y hacerle perder la apuesta, pero no estaba dispuesto a rendirse tan fácilmente.

—¿Te acompaño a tu habitación? —se ofreció.

No se daba por vencido, pero había aprendido de joven a saber cuándo había que retirarse y reagruparse para volver a atacar.

Si su pasado iba a ser un problema entre ellos, estaba dispuesto a contarle lo mismo que les contaba a los demás, aquello que había inventado cuando había empezado a trabajar en los casinos, porque muy poca gente lo hubiera contratado de saber que había trabajado durante mucho tiempo al otro lado de la ley.

Además, Kylie era demasiado inocente y Deacon quería protegerla incluso, o más bien sobre todo, de sí mismo.

Kylie negó con la cabeza y dejó caer los brazos a los lados. Cruzó la habitación, lo agarró de la mano y sonrió.

—Creí que me ibas a enseñar El Dorado.

Deacon la guió hasta los ascensores y subieron a la última planta del edificio, donde la acompañó por un pasillo de cristal que conducía al otro lado del complejo.

Kylie miró hacia abajo y vio el reino de Deacon a sus pies.

Aquel pasillo de cristal era uno de los lugares preferidos de Deacon porque desde allí veía la ciudad en la que había crecido y recordaba asimismo lo alto que había llegado.

Desde allí arriba, la ciudad parecía divertida, emocionante y limpia. Él sabía que, desde la calle, era sucia y peligrosa.

—No me puedo imaginar vivir aquí de pequeño —comentó Kylie.

—¿Por qué?

—No sé, me parece un sitio duro para vivir, como Jamaica. Estuve allí el verano pasado y había mucha diferencia entre los pasajeros del crucero, que comprábamos cosas porque teníamos dinero y las personas que vivían allí, los nativos, y se apañaban con muy poco.

Había dado justo en el clavo.

Aquello describía Las Vegas en pocas palabras y era importante que Kylie no se diera cuenta jamás de que Deacon de pequeño había sido uno de los nativos.

Deacon la agarró del codo y la condujo de vuelta por el pasillo. Le encantaba tocarla pues tenía una piel suave y delicada.

Abrió una puerta que daba a una caja de escaleras oscuras, tomó a Kylie en brazos y bajó los escalones corriendo.

Cuando llegaron al siguiente rellano, la dejó en el suelo, pero la abrazó por detrás con fuerza y le mordió el lóbulo de la oreja.

–¿Preparada para la sorpresa? –le murmuró al oído.

Kylie se estremeció y echó la cabeza hacia atrás para apoyarla en su hombro. Deacon esperó a que la cascada de oro de El Dorado cayera antes de besarla.

Aquel beso hizo que toda intención que Kylie tuviera de seguir con sus preguntas quedara aplazada.

Capítulo Cinco

Kylie sabía que Deacon se estaba sirviendo de la atracción física que había entre ellos para distraerla, pero no le importó.

La oscuridad de los ojos de Deacon le llegó al alma y se sintió obligada a ayudarlo como pudiera.

No sólo por eso sino también porque el corazón le latía aceleradamente, le pasó los brazos por el cuello y lo besó.

Deacon había despertado en ella algo que había olvidado, su sueño más profundo, aquél de tener una vida de amor eterno.

Kylie suspiró, abrió los ojos y lo miró. Deacon tenía los ojos abiertos y la estaba mirando con tal intensidad que Kylie se apartó.

Deacon no dijo nada, se limitó a seguir observándola para dejarle claro que la deseaba y que no se iba a rendir hasta que la hubiera conseguido.

Kylie tenía que ser sincera consigo misma, pues aquello la emocionaba y la halagaba, pero, por otra parte, no podía evitar preguntarse si estaría a la altura de lo que Deacon esperaba de ella.

Deacon le tomó el rostro entre las manos y le acarició la mejilla.

–No esperes demasiado de mí –declaró Kylie.

En respuesta, Deacon volvió a besarla y Kylie dejó de pensar.

A su alrededor, caía el líquido dorado, aquello era precioso y el episodio entero parecía un sueño.

Kylie se estremeció al sentir sus manos en la cintura, aferrándola contra su cuerpo. Deacon le separó las piernas con el muslo y Kylie se frotó contra él sintiendo que los pechos se le habían abultado y los pezones se le habían endurecido.

Deacon deslizó una mano por sus costillas hasta llegar justo debajo de su pecho derecho, donde se paró.

Kylie sintió la anticipación propia de saber que en cualquier momento sus dedos se encargarían de dar placer a su necesitado pezón.

Deacon no parecía tener prisa, parecía interesado en explorar todos y cada uno de los rincones de su boca.

Kylie se dio cuenta de que estaba dejando que él eligiera todo, así que decidió controlar el beso. No era que tuviera mucha experiencia con los hombres, ya que a su ex le gustaba que lo dejara hacer todo a él.

Sin embargo, con Deacon era diferente. Aquel hombre la hacía sentirse sensual y deseada y quería demostrarle que ella sentía lo mismo por él.

Kylie no cerró los ojos y vio que Deacon los había entornado.

Su mano comenzó a moverse hasta apoderarse de su pecho y comenzó a formar círculos alrededor de su pezón.

Kylie se apretó contra él y Deacon la miró a los ojos con deseo. Kylie sintió que se estremecía a la par que un intenso calor se apoderaba de su vientre.

Lo único que quería era tirar a Deacon al suelo y tumbarse encima de él.

Pero fue Deacon el que tomó la iniciativa tomándola en brazos y apoyándola contra la pared.

–Ponme las piernas alrededor de la cintura –le dijo.

Kylie obedeció y sintió sus labios en el pezón a través del sujetador y del vestido. Se volvió a estremecer y se apretó contra él sintiéndose perdida en la pasión, completamente entregada a aquel hombre.

Kylie le pasó los dedos por el pelo y apretó la cabeza contra su pecho. Deacon le lamió el pezón y Kylie pensó que necesitaba más de lo que le estaba dando. Deacon repitió el gesto con el otro pecho lo que no hizo sino intensificar la necesidad que Kylie sentía entre las piernas.

Intentó cerrarlas, pero Deacon estaba en medio, así que intentó buscar algo contra lo que frotarse, pero no lo encontró.

–Deacon –jadeó.

Deacon la miró a los ojos, la tomó de las caderas y la apoyó contra su cuerpo hasta que su erección dio con el centro exacto del cuerpo de Kylie, justamente donde ella quería sentirla.

Kylie deslizó la mano entre sus cuerpos y le acarició a través del pantalón. Deacon echó las caderas hacia delante y Kylie le bajó la cremallera de los pantalones.

Deacon deslizó las manos bajo su vestido y le apartó las braguitas, que estaban mojadas. Mientras le acariciaba la entrepierna, le murmuró palabras de pasión al oído.

Kylie gritó su nombre.

Aquellas caricias eran expertas y la estaban volviendo loca. Se frotó contra él mientras Deacon le lamía el cuello.

Kylie nunca se había sentido tan excitada. Se aferró a sus hombros mientras se movía contra su erección y sintió que todas las terminaciones nerviosas de su cuerpo se tensaban antes de llegar al orgasmo.

Entonces, se aferró con más fuerza todavía a Deacon y cerró los ojos.

Deacon la sostuvo en los brazos hasta que las oleadas de placer desaparecieron lentamente y la dejó de pie en el suelo.

Entonces, Kylie sintió su erección en la tripa y se dio cuenta de que Deacon no había alcanzado el clímax con ella, así que se dispuso a devolverle el favor.

En aquel momento sonó el teléfono móvil de Deacon, que maldijo con brusquedad, la soltó y se alejó. Apoyó la cabeza en el cristalera con los ojos cerrados y tomó aire varias veces.

El teléfono seguía sonando, recordándoles un mundo que habían olvidado, alejado de aquel mundo de ensueño fuera del cual a Deacon Prescott no le gustaría nada el tipo de chica que era ella.

Deacon se subió la cremallera antes de contestar al teléfono y escuchó a su gerente mientras le explicaba que tenían a un par de ladrones en la oficina de seguridad.

Era un asunto importante y Deacon no podía ignorarlo.

Aunque quería hacerlo. Seguía excitado. Se había excitado tanto con lo que había compartido con Kylie que sólo pensando que la iba a llevar a su dormitorio había conseguido controlarse y no penetrarla allí mismo.

—Lo siento, ángel, pero tengo que hacerme cargo de un problema.

Kylie sentía los labios hinchados de los besos y los pezones todavía erectos amenazando con atravesar la tela del vestido. Además, tenía el pelo revuelto.

Deacon no quería irse y, por primera vez desde que se había propuesto tener un reino propio, aquel reino lo molestaba.

—Tienes que hacerte cargo del negocio —contestó Kylie.

A Deacon le hubiera gustado pedirle que lo

esperara, pero era tarde y el hecho de que él necesitara sólo cuatro horas de sueño para estar perfectamente no quería decir que los demás fueran igual.

—Te acompaño a tu habitación.

—No hace falta.

—Yo me quedo más tranquilo —insistió Deacon agarrándola del codo y guiándola por el pasillo, que seguía a oscuras.

Estar tan cerca de ella era una tortura, pues la deseaba sobremanera y su aroma le embotaba el cerebro.

—Ten cuidado —le indicó mientras subían las escaleras.

Al llegar arriba, se dio cuenta de que había actuado demasiado deprisa y decidió que quería disculparse.

Maldición.

Se suponía que tendría que haber ido lentamente, pero su cuerpo había podido más que su cerebro.

Le tomó el rostro entre las manos y se dio cuenta de que no podía pronunciar las palabras que sabía que un caballero pronunciaría, las palabras que tal vez un hombre como Mac, que había crecido en un mundo donde las mujeres eran diferentes, diría.

Así que la besó, demostrándole con su cuerpo que era preciosa para él, haciéndole promesas que sabía que Kylie no reconocería ni entendería.

Cuando sintió los brazos de Kylie en la cintura, se dio cuenta de que tenía que parar aquello antes de que volvieran a perder el control de nuevo.

Quería hacer las cosas bien con ella, quería que Kylie entendiera que no era más que una ilusión, que no era un caballero en absoluto.

Le tomó las manos entre las suyas y vio que Kylie lo miraba con deseo.

–¿Y si te espero en tu despacho? –propuso.

–No –contestó Deacon.

Kylie dio un paso atrás como si la hubiera abofeteado, se cruzó de brazos y levantó una ceja.

–Me parece que tenemos un asunto sin zanjar entre manos –comentó con humor.

–Sí, pero esta noche no puede ser –contestó Deacon–. Quiero que sea bonito para ti, ángel.

Dicho aquello, abrió la puerta de la zona ejecutiva y Kylie entró a regañadientes.

–Voy a ir al bar a ver si están mis amigas.

–Kylie, no...

–¿No qué?

Deacon no contestó porque no iba a decirle que lo hacía sentirse de una manera de la que jamás se había sentido antes.

–Supongo que esto es una despedida.

–No, no lo es.

–Entonces, ¿qué es?

–Sólo es un buenas noches.

Kylie esbozó una sonrisa, se peinó el pelo con la mano y avanzó por el pasillo. Deacon sabía que no entendía por qué la alejaba de él.

Lo cierto era que ni siquiera él lo sabía exactamente, pero quería que todo saliera de manera perfecta.

–¿Ángel?

Kylie se giró y lo miró y Deacon sintió que el aire no le llegaba a los pulmones. De repente, quiso algo que nunca había querido. No era dinero ni la aceptación de la sociedad sino el ser su héroe, que aquella mujer lo mirara con respeto porque se lo hubiera ganado y no porque estuviera rodeado de riquezas.

–Quiero que la primera vez que nos acostemos sea memorable –le dijo.

Kylie fue hacia él contorneando las caderas y Deacon se preguntó cómo había podido pensar alguna vez que aquella mujer era tímida.

Se paró a unos milímetros de él, le colocó las manos en los hombros y se puso de puntillas para hablarle al oído.

–Estoy segura de que lo será.

Deacon se estremeció al sentir sus dientes en el lóbulo de la oreja.

Kylie se giró y se alejó por el pasillo y Deacon se dijo que era la esposa perfecta, estaba seguro de haber encontrado a su media naranja.

Kylie se despertó a la mañana siguiente cuando el sol comenzó a entrar por la ventana, y vio que había una nota en la mesilla.

Era de Tina.

¡Hola, bella durmiente! Me voy a montar en bici con Bob. Nos vemos a las siete para cenar. Perdona por lo de anoche.

Kylie se estiró.

Se había pasado toda la noche soñando con Deacon y habían sido sueños eróticos, por supuesto.

Antes de regresar a su habitación, había vuelto por la ruleta, pero no había sido lo mismo sin él y había perdido.

Era la primera vez que tenía una aventura de vacaciones. Jamás se había planteado la idea de acostarse con un hombre al que no conocía de nada y lo que habían hecho bajo la cascada de El Dorado había sido lo máximo sexualmente hablando que había hecho desde su divorcio.

No se arrepentía en absoluto pues aquello marcaba un nuevo despertar y la convertía en una mujer nueva, una mujer que quería estar con Deacon.

Apartó las sábanas y se levantó. Al hacerlo, vio que tenía un mensaje de teléfono.

Era de Deacon para invitarla a desayunar en su suite a las nueve.

Eran las nueve y veinte. Kylie se mordió el labio inferior. ¿Debería alejarse de él?

Marcó su número de teléfono y Deacon contestó al tercer timbre.

—Prescott al habla.

—Soy Kylie.

—Buenos días, ángel.

—Buenos días. ¿Sigue en pie la invitación a desayunar? Es que me acabo de despertar.

—¿Qué te parece si la dejamos para el aperitivo? Tengo una reunión hasta las once.

—Si estás ocupado, podemos dejarlo para otro día.

—No.

Kylie se moría por ver a aquel hombre. Su cautela y su prudencia habían quedado atrás porque Deacon la hacía sentirse... salvaje.

—¿Dónde quedamos? —le preguntó.

—Te pasaré a buscar. ¿Qué planes tienes para esta mañana?

—Había pensado ir a la piscina a leer.

—Entonces, te recojo allí.

—Me tendré que cambiar de ropa si vamos a salir a comer —contestó Kylie.

Lo cierto era que no quería que la viera con su viejo bañador de abuela con faldita incorporada.

—No te preocupes, comeremos en mi habitación.

Kylie decidió que debía comprarse algo y pensó que seguro que había tiendas en el hotel.

Necesitaba algo sofisticado.

—Muy bien.

—Bien, entonces, hasta luego —dijo Deacon antes de colgar el teléfono.

Kylie se apresuró a vestirse y bajó al vestíbulo, donde, efectivamente, encontró una tienda en la que vendían todo tipo de bañadores y biquinis de todos los colores.

Estaba intentando elegir entre uno azul cobalto y otro negro más conservador cuando oyó una voz masculina a sus espaldas.

–El azul realza sus ojos.

Kylie se giró y se encontró con el señor Mandetti.

–Hola, señor Mandetti.

–Sólo Mandetti.

–¿Nadie le llama Angelo?

–No, eso es una especie de broma de mal gusto.

Cuando se impuso el silencio entre ellos, Kylie recordó que su amiga Tina le había aconsejado que en aquellas situaciones preguntara por el trabajo.

–¿También tiene que hacer un informe sobre las tiendas que están dentro del casino?

–No –contestó Mandetti–, sólo estaba dando una vuelta. ¿Le importa que le dé un consejo?

–Supongo que no.

Mandetti tomó los dos bañadores y los miró atentamente. A continuación, los dejó en una estantería y eligió un biquini tropical con un pareo rojo.

–Creo que a Deacon le gustará verla con esto.

Kylie se dio cuenta de que tenía razón y, antes de que le diera tiempo a cambiar de opinión, agarró el biquini, se acercó a la caja y lo pagó.

–Hasta luego –se despidió Mandetti guiñándole un ojo.

–Hasta luego, Mandetti –sonrió Kylie.

Kylie se preguntó si Deacon se daría cuenta de las señales que le estaba mandando. No era la primera vez que intentaba seducir a un hombre, pero sí la primera vez que realmente le importaba y eso la asustaba sobremanera.

Capítulo Seis

Deacon era consciente de que no debía utilizar las cámaras de seguridad como herramienta de ayuda en su seducción, pero fue incapaz de no entrar en la sala de seguridad para ver qué hacía Kylie.

Vio que estaba en una tienda comprándose un bañador y vio a Mandetti hablando con ella y aconsejándole que se comprara uno que le iba a quedar de maravilla.

Aquello le hizo pensar que, tal vez, la reunión que tenía pudiera esperar y, así, podría reunirse con ella antes de lo previsto.

Al final, optó por la reunión.

Kylie era importante, pero Deacon tenía un plan y parte de ese plan consistía en hacer que lo deseara con la misma intensidad con la que él la deseaba a ella.

Por supuesto, era un arma de doble filo y Deacon sintió el corte en los pantalones al sentarse en la sala de reuniones e imaginarse a Kylie tumbada tomando el sol en la piscina mientras lo esperaba.

Finalmente, no pudo soportarlo más y dio

por terminada la reunión un cuarto de hora antes de lo previsto.

Habló con Martha, su secretaria, para encargarle un par de cosas y fue a encontrarse con Kylie.

De camino, vio a Mandetti y se paró a hablar con él.

Aquel hombre le recordaba al señor con el que su madre salía cuando él tenía doce años. Por alguna razón, Marco siempre le había hecho caso, siempre había tenido tiempo para hablar con él.

Ambos hombres se asemejaban un poco, pero lo que más le sorprendió fue que tenían los ojos completamente iguales.

En los ojos de Marco y de Mandetti, Deacon veía lo mismo que veía en los suyos cuando se afeitaba por las mañanas.

Se trataba de algo frío y vacío donde existían aquellos dos hombres y él, un lugar donde no había cabida para compromisos ni familia, un lugar que Deacon esperaba sinceramente abandonar casándose con Kylie.

—Mandetti, ¿qué tal todo?

—Muy bien, el informe va muy bien. La verdad es que tienes una empresa estupenda. Ojalá yo hubiera sido capaz de dejar lo que hacía antes y montar algo así hace unos años.

—¿A qué te dedicabas antes?

—Prefiero no contártelo.

—Me parece que lo sé —comentó Deacon.

Mandetti asintió.

–He visto a tu futura esposa antes.

–Ya lo sé.

–¿La espías?

Deacon se encogió de hombros sintiéndose algo ridículo.

–Es tímida–dijo Mandetti–. ¿Qué tal va la apuesta?

–Muy bien, voy a ganar. Nunca pierdo.

–He apostado por ti.

En ese momento, sonó el móvil de Mandetti, que se giró para atender la llamada.

Deacon atravesó el vestíbulo en dirección a la piscina y se paró en el bar para pedir un whisky para él y una margarita de fresa para Kylie.

La vio a lo lejos tomando el sol, apartada de los demás huéspedes. Llevaba unas gafas de sol grandes, se había recogido el pelo en una coleta y estaba leyendo.

Deacon sabía que iba a tener que esforzarse mucho para hacerse un sitio en el mundo de Kylie porque era obvio que era muy cauta y prudente.

Deacon no quería dudar, así que mentalmente puso la cara de Kylie sobre la foto de la modelo sin cara de Ralph Lauren en la que llevaba tanto tiempo pensando.

Kylie iba a convertirse en su esposa.

Las cosas habían avanzado demasiado como para elegir a otra mujer. Deacon se dijo que era por eso, pero lo cierto era que no quería a otra mujer.

Avanzó por el bordillo de la piscina sin dejar de mirar a Kylie, que era un reducto de calma entre todo el caos de Las Vegas.

En aquella ciudad, la gente hablaba y reía, fumaba y bebía, se besaba y se peleaba y allí, apartada de todos, estaba la mujer que él había escogido como esposa.

Sentía que no se la merecía y rezó para que Kylie nunca se diera cuenta de lo poco bueno que había hecho en la vida.

La noche anterior había estado a punto de mentir sobre su pasado porque Kylie le parecía una mujer demasiado inocente para decirle la verdad.

—¿Te importa que me siente contigo? —le preguntó.

Kylie levantó la mirada por encima de las gafas de sol y sonrió.

—Claro que no —contestó mirando a su alrededor en busca de una tumbona vacía.

No había ninguna, así que Deacon se sentó junto a sus piernas, suaves, bronceadas y fuertes y le entregó la margarita mientras probaba su whisky recordándose a sí mismo que estaban en público y que no debía tocarla.

La observó a la luz del día porque, a pesar de que la noche anterior había acariciado su cuerpo, todavía seguían siendo unos extraños.

El biquini tropical que lucía dejaba poco a la imaginación y Deacon sintió que se le endurecía la entrepierna. La comida iba a ser muy rápida porque no aguantaba más.

–¿Has terminado la reunión antes de tiempo? –preguntó Kylie.

Deacon dio otro trago de whisky intentando controlar el deseo.

–Sí –consiguió contestar.

–Gracias por la margarita –dijo Kylie probándola y pasándose la lengua por los labios.

Le estaba mandando un mensaje.

Deacon se terminó el whisky de un trago y dejó el vaso en la bandeja de un camarero que pasaba por allí. Con las manos libres, deslizó un dedo por el muslo de Kylie, que se revolvió nerviosa.

–¿Te apetece que tomemos el aperitivo? –propuso.

–Sí –contestó Kylie con voz ronca.

Deacon alargó la mano para ayudarla a ponerse en pie y, cuando le pasó el brazo por la cintura mientras avanzaban hacia el vestíbulo del hotel, tuvo la sensación de que todo iba sobre ruedas.

Kylie no podía dejar de sentir la mano de Deacon en la cintura. Aunque la piscina estaba llena de gente, ella sólo podía pensar en el hombre que iba andando a su lado.

Sentía la sangre golpeándola en las sienes y un calor insufrible en el vientre.

Se acercó a él, que deslizó la mano suavemente hasta su nalga y Kylie se estremeció de puro placer.

Nunca se le habría ocurrido pensar en sí misma como en una mujer cegada por el sexo, pero no hacía ni veinticuatro horas que conocía a Deacon Prescott y eso era exactamente lo que le estaba ocurriendo.

Aquel hombre irradiaba sensualidad por los cuatro costados y era tan masculino que sacaba toda la feminidad de Kylie a la luz, haciendo que deseara soltarse el pelo y mover las caderas para dejarle claro el mensaje: «Hazme tuya».

Debía de ser que había tomado demasiado el sol.

—Anoche, antes de acostarme, volví a la ruleta —le dijo para distraerse y no pensar en sus labios y en cómo le apetecía besarlos de nuevo.

—¿Y qué tal te fue?

—No muy bien —confesó Kylie—. Creo que me das suerte.

—No creo que sea eso.

—¿No me habías dicho que creías en el destino y en la suerte?

—Sí, pero yo nunca le he dado buena suerte a nadie.

—A mí, sí.

Deacon la condujo a una pequeña gruta apartada y tranquila donde había un banco.

Kylie lo miró confusa.

—Quería estar a solas contigo un momento antes de adentrarnos en la marabunta —le explicó Deacon besándola tal y como Kylie había estado soñando que hiciera desde que había llegado a su tumbona con las bebidas.

Kylie se estremeció en sus brazos, se puso de puntillas y se apretó contra él mientras Deacon deslizaba un dedo entre la parte superior del biquini y su piel y le acariciaba la espalda.

Kylie le pasó los brazos por el cuello y lo besó con pasión haciéndolo gemir. Deacon se apoyó contra la pared de roca de la gruta y la miró a los ojos.

–¿Es esto lo que tenías pensado cuando me invitaste a tomar el aperitivo?

–Más o menos. Se me había olvidado que eras una tentación.

–Debe de ser el nuevo biquini.

–¿Lo has comprado para mí?

Kylie asintió. No estaba acostumbrada a hacer cosas para los hombres porque su independencia significaba mucho para ella y normalmente sólo hacía lo que ella quería.

–Hazme un pase de modelos.

Kylie dio un paso atrás, puso los brazos en jarras y desfiló para él lentamente.

–No se te ven las piernas.

Kylie no se había quitado el pareo. Nunca lo hacía pues tenía complejo de caderas anchas. No en vano su madre siempre le decía que con esas caderas no iba a tener ningún problema a la hora de parir.

–Es que tengo cartucheras.

Deacon levantó una ceja y no dijo nada. Kylie suspiró y se quitó el pareo de las caderas. Al ver sus piernas al descubierto, Deacon entornó los ojos.

—Date la vuelta –le dijo.

Kylie dejó caer el pareo al suelo mientras se giraba. Una vez de espaldas a él, lo miró por encima del hombro.

—Maldición –dijo Deacon.

—¿Qué ocurre?

—Que hoy quería conocerte.

—¿Y cuál es el problema?

—Que ahora mismo sólo pienso en desnudarte.

Kylie se estremeció y se giró hacia él.

—Me voy a quedar en Las Vegas sólo cuatro días más.

—¿Entonces no quieres que nos conozcamos?

—Probablemente, tendría que contestar que no, pero...

—Vamos.

Volvieron al casino, donde los estaba esperando Mandetti.

—Me gusta ese biquini –le dijo a Kylie.

—Gracias –sonrió ella.

—¿Qué pasa, Mandetti? –quiso saber Deacon.

—Lo siento, pero mi director me está presionando. Necesito ver la caja de seguridad y hablar contigo sobre los depósitos.

—Íbamos a tomar el aperitivo –dijo Deacon–. ¿Quieres venir con nosotros?

«¿Cómo?»

Kylie pensaba que Deacon la iba a seducir en su suite. Por lo menos, ella tenía pensado seducirlo a él. De hecho, se había depilado las

74

piernas y se había puesto perfume en todos los puntos exactos para no oler a sudor después de haber estado tomando el sol.

–No quiero interrumpir vuestros planes –contestó Mandetti.

–Será un placer para nosotros pues Kylie quiere enterarse de cómo funciona el casino.

–Así es. Anoche le estuve preguntando a Deacon porque nunca he tenido oportunidad de ver cómo funciona un casino por dentro.

Aquello era cierto y, además, Deacon tenía que trabajar. Ella estaba de vacaciones, pero él, no. Lo cierto era que, por una vez, le hubiera gustado significar más que el trabajo para un hombre, pero no podía pretender que ocurriera eso con Deacon porque sólo se conocían desde el día anterior.

–¿Usted en qué trabaja? –le preguntó Mandetti.

–Soy secretaria en una agencia de publicidad de Los Ángeles –contestó Kylie.

–¿Y te gusta? –le preguntó Deacon.

–Sí, más o menos, pero sólo es un trabajo.

–Subamos a mi habitación –propuso Deacon–. He pedido que subieran un buffet frío.

–Yo voy ahora –dijo Kylie.

–¿Dónde vas? –quiso saber Deacon.

Lo cierto era que Kylie necesitaba estar sola unos minutos porque ella no podía cambiar de planes tan rápidamente como Deacon. Además, la idea de comer en biquini delante del señor Mandetti no le gustaba demasiado.

—Nos vemos dentro de un rato —dijo Mandetti alejándose por el pasillo.

—¿Qué te pasa, Kylie?

—Nada, pero me quiero cambiar de ropa.

—¿Por qué? Estás muy bien.

—Sí, pero no me siento cómoda.

Deacon asintió y la acompañó hasta el ascensor y hasta su planta.

—Algún día, ángel, te sentirás cómoda, te lo prometo —le dijo besándola cuando se abrió la puerta—. Ve a cambiarte. Te espero aquí.

Kylie asintió y se dirigió a su habitación. Deacon la desconcertaba en muchos aspectos y se dio cuenta de que no le importaba lo más mínimo.

«Mandetti ha llegado justo a tiempo», pensó Deacon.

La noche anterior se había tenido que dar una ducha fría y esa mañana otra, pero sabía que nada lo iba a tranquilizar hasta que no hubiera conseguido acostarse con Kylie.

Sin embargo, se había prometido a sí mismo que iba a ir despacio. Claro que eso había sido antes de darse cuenta de que Kylie era una tentación difícil de ignorar y de que todos sus planes de no acostarse con ella antes de casarse se fueran al traste.

Deacon se apoyó en la pared mientras esperaba a Kylie.

Quería que aquella mujer fuera su esposa y

no tenía las dos semanas que Mac y él habían creído sino solamente cuatro días.

Kylie volvió con un vestido parecido al que había lucido el día anterior, sencillo y en absoluto provocativo. De hecho, la falda le llegaba por debajo de la rodilla.

Sin embargo, Deacon seguía viéndola en biquini.

—Perdona por tardar tanto, pero es que me ha llamado Tina para decirme que no va a poder venir a cenar conmigo esta noche.

—Entonces, puedes cenar conmigo —contestó Deacon.

—Muy bien.

Deacon la agarró del codo para entrar en el ascensor y, una vez dentro, se apartó de ella porque olía demasiado bien.

Ninguna mujer de las que conocía olía así. Su madre y sus amigas siempre olían a Chantilly y las mujeres con las que salía normalmente llevaban colonias que debían de costar como mucho un dólar.

Kylie olía a flores primaverales.

—Me ha sorprendido que invitaras al señor Mandetti a comer con nosotros —confesó Kylie.

—Creo que estábamos yendo demasiado deprisa y no quiero precipitarme. Además, Mandetti es una carabina muy interesante —contestó Deacon.

—Claro. ¿Estás seguro de que ha sido eso o lo que ha ocurrido es que has cambiado de opinión cuando me has visto las caderas?

Deacon maldijo en voz baja y apretó el botón de parada.

Kylie lo miró con los ojos muy abiertos mientras se aproximaba a ella y la atrapaba entre su cuerpo y la pared.

Deacon se dio cuenta de que había vuelto a perder el control. Por lo visto, no lo podía evitar cuando estaba cerca de Kylie.

—Lo que pensé cuando te vi sin pareo fue en lo mucho que me gustaría llevarte a la cama.

—¿De verdad?

Deacon la besó suavemente en el hombro y la giró hacia el espejo, donde el reflejo de ambos dejó patente la buena pareja que hacían.

¿Acaso Kylie no se daba cuenta?

—Cuando te miro, ángel, siempre pienso que eres la mujer más guapa del mundo.

—Sí, claro.

—Escucha —le ordenó Deacon—. Tienes un pelo maravilloso, suave y sedoso, que me recuerda a la fina arena de la playa. Me muero por acariciarlo, por sentirlo contra mi piel —añadió tomando un mechón y acariciándose la cara con él—. Tus ojos son dos estanques sin fondo que me fascinan A veces, lo que sientes se ve reflejado en ellos, pero normalmente esconden tus secretos y estoy dispuesto a hacer lo que sea para que me los reveles.

—Yo no tengo secretos. Sólo soy una chica normal y corriente de California.

—No, eso no es cierto. Tienes un cuerpo de

ensueño –contestó Deacon acariciándole el cuello y besándoselo.

Kylie se estremeció y Deacon la abrazó con fuerza. Se estaba comenzando a excitar sobremanera, pero tenía que terminar lo que había empezado, así que le tomó los pechos entre las palmas de las manos y sintió que los pezones se le endurecían.

–Tienes unos pechos...

–Muy pequeños.

–Perfectos –le aseguró Deacon acariciándoselos.

A continuación, deslizó la mano por su abdomen y se paró sobre su sexo.

–Esta parte de tu cuerpo está llena de misterio. Quiero tumbarte sobre mi cama y acariciarla lentamente.

–Estoy segura de que tus caricias me van a encantar.

–No digas eso, que todavía tenemos que comer.

–Entonces, para...

–Todavía no he terminado.

–Por favor, no me mires las piernas de nuevo –dijo Kylie cruzándose de brazos.

–Sí, lo voy a hacer porque me encantan, porque estoy obsesionado con qué sentiré al tenerlas alrededor de las caderas cuando estemos los dos desnudos revolviendo las sábanas.

Kylie se estremeció y lo miró a los ojos.

–Deacon, ¿dónde has estado toda mi vida?

–Tan sólo a una tirada de dados –contestó

Deacon con una tranquilidad que no sentía en absoluto.

A continuación, llamó a su despacho y dejó dicho que se tomaba la tarde libre. Kylie no dijo nada, pero era obvio que había entendido cuáles eran los planes para aquella tarde.

Deacon le puso la mano en la cintura y juntos salieron del ascensor y se dirigieron a la parte privada del edificio.

Capítulo Siete

La parte del edificio donde vivía Deacon era espaciosa y estaba decorada a la última. Era una mezcla de elegancia y comodidad, como su propietario.

En el recibidor había antigüedades que a la madre de Kylie le hubieran encantado y el suelo era de azulejo marroquí.

Deacon pulsó un botón de la pared y las persianas se subieron dejando a la vista una maravillosa panorámica de la ciudad.

Había una barra en una esquina del salón, una mesa de billar en el centro y dos ambientes separados, uno para sentarse junto a la ventana y otro junto al televisor.

Kylie había aprendido a jugar al billar con su padre y le gustaba mucho.

—Esto es precioso —comentó sinceramente.

Estaba nerviosa al pensar que quería hacer el amor con Deacon.

—Contraté a una decoradora para que se encargara de ello. Lo único que es mío es la mesa de billar. ¿Juegas?

—Hace muchos años que no.

–Tampoco creías que la ruleta se te fuera a dar bien –dijo Deacon en voz baja.

Kylie recordó la sensación de tenerlo detrás de ella, de sentir sus brazos a los lados, recordó la emoción de probar algo nuevo y de tenerlo a él a su lado animándola a hacer cosas que nunca àntes había hecho.

A Kylie le gustaba aquella nueva mujer y decidió en aquel preciso instante que ya iba siendo hora de dejar sus miedos a un lado y de vivir la vida.

–La ruleta se me dio bien porque estabas conmigo –contestó.

En cuanto lo hubo dicho, se dio cuenta de que se estaba enamorando de Deacon Prescott aunque hacía poco tiempo que se conocían.

Su cuerpo y su alma sabían que aquél era su hombre.

–¿Quieres jugar? –le propuso Deacon pasándole un taco.

–Por supuesto –contestó Kylie aceptándolo.

–¿Quieres que le demos un toque interesante? –dijo Deacon mirándola con un brillo malicioso en los ojos.

Kylie sintió que se le aceleraba el pulso.

–¿Quieres que apostemos?

Kylie supuso que debería decirle que jugaba muy bien al billar, pero estaba deseosa de ver hasta dónde era capaz de llegar Deacon.

–Sí.

–¿Qué tienes en mente? Yo no tengo tanto

dinero como tú. Yo no puedo apostar quinientos dólares así como así.

–Entonces, tendremos que apostar otras cosas.

–Te escucho.

Deacon se acercó a ella y se apoyó en la mesa de billar.

–¿Qué te parece la ropa?

–¿Una especie de strip–billar?

–Más o menos. Te puedes apostar la prenda que tú quieras. Por ejemplo, puedes apostar las braguitas y perderlas, pero seguirás vestida.

–Mmm. Entonces, ¿el que pierde la partida se quita una prenda?

–Mejor, el que pierde una tirada, se quita una prenda.

Kylie se mordió el labio inferior.

–Estás excitado, ¿eh? Lo primero que quiero que te quites son los pantalones.

–¿Por qué?

–Porque te quiero ver las piernas –sonrió Kylie.

–¿Te acuerdas más o menos de cómo se juega o quieres que te enseñe unos cuantos movimientos?

–Creo que será mejor que me enseñes unos cuantos movimientos –contestó Kylie.

Deacon se puso detrás de ella, apoyó el taco en la mesa y colocó los brazos mientras le hablaba al oído.

–Lo primero que tienes que hacer es formar un puente con los dedos –le indicó.

Cuando echó hacia atrás el taco para golpear la bola, Kylie frotó adrede su trasero contra su entrepierna y sintió cómo se estremecía y se le caía el taco en la mesa.

–¿Estás bien? –le preguntó.

–Sí, ¿te has hecho una idea? –contestó Deacon apartándose y tomando otro taco.

–Sí –contestó Kylie rompiendo.

–Veo que sí sabes jugar –dijo Deacon al ver que había metido una bola rayada.

–Sólo he jugado un par de veces –mintió Kylie–. Quítate los pantalones.

Deacon se quitó el cinturón lentamente y lo dejó sobre la mesa mientras se quitaba los zapatos y los calcetines. A continuación, se desabrochó los pantalones y los dejó caer al suelo.

La camisa le llegaba por la mitad de los muslos, pero, cuando le pasó los pantalones, Kylie se dio cuenta de que no llevaba calzoncillos. Había subestimado a su enemigo y falló su siguiente tiro.

–Quítate el vestido –dijo Deacon metiendo una bola lisa y girándose hacia ella para obtener su premio.

Deacon nunca hubiera sospechado que Kylie fuera a ser capaz de engañarlo y le había gustado, le gustaba que fuera distinta a lo que parecía.

Le había gustado también que le hiciera quitarse los pantalones inmediatamente porque no estaba muy seguro de cuánto tiempo iba a aguantar con aquel juego.

–¿Me lo tengo que quitar por completo? –preguntó Kylie ladeando la cabeza.

Cuando se ponía en plan bromista, era realmente graciosa. Algo había sucedido en el trayecto desde el ascensor a su suite, algo que le había hecho tener la confianza en sí misma que él sabía desde el principio que poseía.

–Yo me he quitado los pantalones –contestó Deacon.

Kylie se acercó a él.

–Sí, tienes razón. ¿Y si me desabrocho el vestido y me lo dejo abierto? ¿Sería suficiente?

Deacon le acarició el escote del vestido. Le había lamido los pezones y conocía su sabor, pero no sabía de qué color eran y quería verlos.

–Sí, pero sólo si no llevas braguitas –contestó.

Kylie se mordió el labio inferior y le tomó el rostro entre las manos para besarlo.

–Siento mucho decepcionarte, pero llevo braguitas. Debe de ser que la ropa interior de las mujeres es más barata que la de los hombres.

Deacon la besó con pasión y Kylie sintió su erección entre las piernas.

–O, quizás, que uno de nosotros no está tan decidido como el otro –aventuró Deacon.

–No me subestimes, Deacon –contestó Kylie acariciándole las nalgas.

–Después de haber visto cómo juegas al billar, no creo que lo vuelva a hacer –contestó

Deacon abrazándola–. Deja de ganar tiempo, ángel.

–Si insistes –contestó Kylie dando unos pasos atrás y desabrochándose el vestido lentamente.

Al hacerlo, Deacon vio que llevaba un sujetador azul cielo. Al llegar a la cintura, dejó caer el vestido hasta el suelo dejando al descubierto unas braguitas a juego.

Deacon sintió que se excitaba todavía más y pensó que en aquellos momentos era capaz de alcanzar el clímax sin necesidad de encontrarse dentro de su cuerpo.

A pesar de que lo que realmente quería era tumbarla sobre la cama y poseerla allí mismo, Deacon agarró el taco y se dirigió a la mesa.

–Lo próximo van a ser las braguitas.

–¿Seguro que no prefieres el sujetador? –dijo Kylie acariciándose los pezones por encima de la tela.

–Sí, claro que lo quiero, pero no todavía.

Deacon cerró los ojos e intentó no pensar en aquella mujer que lo estaba volviendo loco, pero era imposible. La deseaba tanto que aquel juego estaba dejando de tener gracia y se estaba convirtiendo en una tortura.

Abrió los ojos y vio que Kylie lo estaba observando. La tomó de la cintura y la sentó en la mesa delante de él. Se inclinó sobre ella y le tomó un pezón entre los labios. A continuación, se lo lamió hasta que sintió las manos de Kylie en el pelo.

Deacon le desabrochó el sujetador y se lo quitó con los dientes.

–Llevo pensando en hacer esto desde que te he visto en la piscina.

Kylie se estremeció y le desabrochó la camisa. Estaba prácticamene desnuda ante él y deslizó la mano entre sus cuerpos hasta encontrar su erección, que acarició lentamente con ambas manos.

Deacon apretó las mandíbulas.

–Quítate las bragas.

Kylie asintió y obedeció mientras Deacon se sacaba un preservativo de la cartera y se lo ponía rápidamente.

–No puedo esperar más.

–Me alegro –contestó Kylie echándose hacia atrás en la mesa, apoyándose sobre los codos y ladeando la cabeza.

Deacon le puso las manos en los muslos y le separó las piernas, inclinó la cabeza y la besó en el centro. Kylie gimió su nombre y le acarició el pelo.

Deacon le acarició los pezones con las manos mientras seguía lamiéndole la entrepierna. Kylie se estremeció de placer con las caderas echadas hacia delante.

Deacon siguió acariciándola con la lengua hasta hacerla alcanzar el clímax y gritar su nombre.

A continuación, miró a aquella mujer que iba a ser suya durante el resto de la vida y la penetró. A pesar de que estaba mojada, tuvo que esperar a que su vagina se ajustara al tamaño de su pene antes de poder llegar hasta el fondo.

Kylie le abrazó la cintura con las piernas para ayudarlo y Deacon se inclinó sobre sus pechos y le tomó las caderas con las manos para poder embestirla con facilidad, lo que continuó haciendo hasta que la oyó gemir de placer de nuevo y supo que había tenido otro orgasmo.

Entonces, sintió un escalofrío en la columna vertebral y supo que a él tampoco le faltaba mucho. La miró y se dejó ir con una última embestida tan fuerte que hizo que se le doblaran las rodillas.

Deacon la tomó en brazos y la llevó a su dormitorio.

Kylie intentó no abrazarlo con demasiada fuerza, pero no pudo evitarlo porque lo que quería era abrazarlo para siempre.

Le asustaba sentir algo tan fuerte por un hombre que acababa de conocer, pero, al mismo tiempo, era nuevo y emocionante y más de lo que había imaginado jamás que podría sentir.

Sobre todo, por un hombre como Deacon, que no se abría fácilmente.

—¿Estás bien? —le preguntó.

Kylie lo miró a los ojos y tomó aire. ¿Bien? No creía que fuera a volver a estar bien jamás, pero asintió.

—Sí.

Deacon la depositó sobre la cama. Las persianas estaban echadas y Kylie lo agradeció porque quería esconderse de Deacon, no quería que supiera ni que sospechara que lo que sentía por él se iba haciendo cada vez más intenso.

Deacon estaba acostumbrado a jugar y a vivir la vida haciendo apuestas, pero ella era todo lo contrario. Ella estaba acostumbrada a su rutina, acostumbrada a la tranquilidad.

Deacon se tumbó a su lado y la abrazó. Kylie sintió sus dedos en la espalda y volvió a excitarse.

Era la primera vez que hacía el amor de día. Nunca había estado con un hombre que, a pesar de que tenía que trabajar, abandonara sus deberes para dedicarle su tiempo.

Eso era lo que, en esencia, Deacon había hecho por ella.

En aquel momento, le sonó el estómago y se sonrojó.

—¿Quieres que comamos? —sonrió Deacon.

—Sí, lo siento, es que normalmente como mucho antes.

—¿Por qué?

—Porque en el trabajo tenemos que hacer turnos y yo tengo el primero.

—¿Te gusta? —quiso saber Deacon apoyándose en un codo y mirándola.

—¿Qué me tiene que gustar? Sólo es un trabajo.

—Yo como cuando quiero —declaró Deacon.

—Pues yo hoy todavía no te he visto comer nada —contestó Kylie.

Lo cierto era que hubiera preferido ser la jefa de la empresa para decidir a qué hora quería comer, pero no lo era y tenía que trabajar para pagar su casa aunque hubiera cosas del trabajo que no le gustaran.

—¿Cómo que no? —contestó Deacon acariciándole la cintura y acercándose peligrosamente a sus pechos.

Kylie se estremeció, pero decidió que ella también quería disfrutar de su desnudo, así que le empujó del hombro hacia abajo para que se tumbara boca arriba por completo.

Deacon obedeció y Kylie se sentó y le acarició todo el cuerpo empezando por el pelo y acabando en los pies sin dejar ni un solo centímetro de piel olvidado.

A continuación, siguió la misma estela con los labios y la lengua. Lo hizo dos veces, esquivando su entrepierna completamente la primera vez y dejando que su aliento la envolviera la segunda.

Deacon se excitó cuando Kylie le besó la punta de la erección y tuvo que apretar los puños.

—¿Te gusta?

—Sí —contestó Deacon con las mandíbulas apretadas.

Kylie le tomó la erección entre las manos y se la metió en la boca hasta que Deacon echó las caderas hacia delante y la agarró del pelo.

Al cabo de un rato, la colocó sobre su cuerpo. Al sentir la erección entre las piernas, Kylie pensó que aquel placer era irresistible y se dio cuenta de que estaban a punto de hacer el amor sin ningún método anticonceptivo.

–¿Preservativo? –le dijo.

Sentía las manos de Deacon en los pechos y su miembro cada vez más cerca.

–En la mesilla, en el cajón de arriba –contestó Deacon.

Kylie abrió el cajón y sacó la caja en cuestión, que Deacon le arrebató de las manos. A continuación, se puso un preservativo y se quedó mirándola con una ceja levantada.

–¿Qué haces? –preguntó Kylie.

–Esperar –contestó Deacon–. Quiero que me cabalgues, ángel.

Kylie se apoyó en sus hombros y se dejó caer lentamente sobre su erección hasta sentirla completamente dentro.

Entonces, comenzó a mover las caderas. Deacon se incorporó, la abrazó por la cintura y la dejó marcar el ritmo.

Ese ritmo los llevó a alcanzar el orgasmo rápidamente y a abrazarse con fuerza antes de tumbarse de nuevo en la cama.

Kylie cerró los ojos con la esperanza de que Deacon no se diera cuenta de lo que sentía por él, aunque lo que de verdad le hubiera gustado habría sido poderse esconder ella de esa verdad de su corazón.

91

Capítulo Ocho

Los siguientes cuatro días pasaron demasiado deprisa para Deacon, que deseaba con todo su corazón que el tiempo transcurriera más lentamente.

Sabía que el final de las vacaciones de Kylie se aproximaba y que pronto regresaría a su vida normal.

Además, no quería que el cortejo terminara porque aquello era lo mejor de ambos mundos.

Kylie se había negado a mudarse a su suite, pero no le negaba nada de su cuerpo. Si quería hacerle el amor, le daba la bienvenida encantada, pero se negaba a quedarse en su cama toda la noche.

Por alguna razón, Deacon quería dormir con ella.

Mac le había preguntado en un par de ocasiones qué tal iba la apuesta y Deacon había sonreído muy seguro de sí mismo y le había dicho que era pan comido, pero lo cierto era que Kylie no era tan fácil como jugar a la ruleta o a las cartas.

Cada vez que pensaba en pedirle que se casara con él, Deacon se ponía a sudar porque se imaginaba que Kylie le decía que no y se iba.

Intentó apartar aquellos pensamientos de su mente mientras esperaba en el helipuerto de la azotea.

Le había prometido una excursión por la zona, incluido el Red Rock Canyon y el valle de la Hoover Dam.

Kylie apareció acompañada de Mandetti, que había dicho que le iría bien hacer un descanso en su trabajo y la había acompañado aquella mañana al museo de cera porque Deacon no había podido eludir el trabajo.

Mandetti no se parecía a ninguno de los comisarios del juego que Deacon había conocido. Aquel hombre le caía bien y Deacon pensó que, si su madre estuviera en la ciudad en lugar de haciendo un crucero por Hawai, se lo presentaría.

Fue hacia ella y la saludó con un beso en la boca. Aquella mujer era cada vez más importante para él y cada vez le resultaba más difícil intentar seducirla lentamente porque lo que en realidad quería hacer era encerrarla en su dormitorio y hacerle el amor hasta que no se pudiera mover, hasta que fuera suya por completo.

Pero aquello no entraba en los planes de ese día, así que Deacon intentó olvidarlo.

–¿Qué tal el museo? –le preguntó.

Kylie sonrió con alegría y Deacon se emocionó porque era importante que fuera feliz.

Él quería hacerla feliz, pero sabía que no podía.

Lo había intentado durante años con su madre hasta que había comprendido, porque ella misma se lo había dicho, que cada persona tiene que encontrar su propia felicidad, así que no podía construir la felicidad de Kylie porque tenía que ser ella quien la encontrara.

—Me ha encantado. Las figuras son muy reales, ¿verdad, Angelo?

¿Angelo?

Deacon miró a Mandetti con una ceja alzada y Mandetti lo miró con dureza. Deacon tuvo que girarse para no estallar en carcajadas.

—Gracias por acompañarme —le dijo Kylie.

—De nada. Que os lo paséis bien en la excursión. Yo tengo que volver a trabajar.

—Gracias, Mandetti —se despidió Deacon estrechándole la mano y acompañando después a Kylie hasta el helicóptero.

Kylie vestía una camiseta negra ajustada, unos pantalones color caqui y sandalias negras. No había nada ni remotamente sexy en el conjunto, pero Deacon se encontró excitándose sobremanera.

—¿Y el piloto? —preguntó Kylie.

—Lo voy a llevar yo —contestó Deacon.

—¿Sabes pilotar?

—Helicópteros, sí.

—Yo no sé.

—No me sorprende.

—¿Por qué? ¿Acaso no te parezco una mujer aventurera?

–Claro que me lo pareces.

Kylie sonrió con aquella sonrisa secreta que sólo utilizaba cuando estaban a solas.

–Tengo muchas preguntas –declaró Kylie riendo.

Aquello no sorprendió a Deacon porque Kylie era una mujer muy curiosa.

–Pregunta.

Kylie se giró hacia él y lo besó.

Deacon la abrazó por la cintura y la apretó con fuerza contra su cuerpo. A continuación, la besó haciéndola suspirar.

–Te he echado de menos –dijo Kylie mirándolo a los ojos.

Deacon tuvo que hacer un gran esfuerzo para no hacerle promesas que sabía que no iba a poder cumplir en el mundo real.

Maldición. Estaba olvidando las reglas del juego que había aprendido hacía mucho tiempo, estaba olvidando las razones por las que había elegido a aquella mujer cuando la había visto a través de la cámara de seguridad, estaba olvidando que Kylie estaba allí porque había apostado a que era capaz de convencerla para que se casara con él.

Deacon no dijo nada y se limitó a indicarle que subiera al helicóptero y se pusiera las protecciones de los oídos.

Kylie lo miró herida.

Deacon sabía que no había reaccionado como ella esperaba y se dio cuenta de que había perdido terreno, pero lo que no podía permitirse era perder de vista su regla de oro: el amor sólo era una ilusión.

Sólo un hombre que quisiera meterse en un buen lío olvidaría que aquello no era más que un juego.

Deacon era un piloto avezado, lo que no sorprendió a Kylie, ya que era bueno en todo lo que hacía.

Sobre todo, besando.

Kylie se había hecho adicta a sus besos y, si no había querido quedarse a dormir con él en su habitación, había sido única y exclusivamente porque temía empezar a creer que su relación de vacaciones se había convertido en algo más.

Mientras despegaban, permaneció en silencio, sintiéndose algo ridícula por haberle dicho que lo echaba de menos cuando, obviamente, a él no le pasaba lo mismo.

Deacon se dio cuenta de que estaba compungida y se puso a contarle todo lo que iban viendo como si fuera un guía turístico de Nevada.

A Kylie le agradó escuchar sus comentarios porque le dio la oportunidad de fingir que no le había dolido lo que no le había dicho antes.

Así, consiguió hacer como si ella tampoco hubiera dicho nada y se olvidó de su absurda confesión de que lo echaba de menos.

Sabía que Deacon no le quería hacer daño y sabía que la única manera de protegerse era recordar siempre que el amor, como la fortuna, podía cambiar en una tirada de dados.

Sólo un jugador muy bueno se permitiría el lujo de apostar el corazón.

Kylie tomó aire y apartó aquellos pensamientos de su mente.

—Mi madre vive en Henderson, la ciudad a la que estamos llegando.

Kylie miró hacia abajo y vio una pequeña población que no tenía nada que ver con Las Vegas.

—Ahí no hay casinos, ¿no?

—No, es una ciudad industrial —contestó Deacon sobrevolándola.

—¿Has vivido tú alguna vez aquí con tu madre?

Deacon hablaba tan poco de su vida privada que Kylie seguía teniendo la impresión de que no lo conocía de nada.

«¿Y qué?», se preguntó.

Al fin y al cabo, se iba al día siguiente.

—No —contestó Deacon.

—¿Por qué no? —quiso saber Kylie, dándose cuenta de que irse de Las Vegas y del Golden Dream no iba a ser fácil en absoluto.

—Porque yo quería tener una buena vida —contestó Deacon.

—¿Y lo has conseguido?

—Yo creo que sí. Ahora tengo una vida mucho mejor que cuando me fui de casa de mi madre.

—¿Qué quieres decir con eso?

—Nada, ángel. Prefiero no hablar de ello.

Kylie se puso a mirar por la ventanilla. Tal vez, Deacon sabía que se iba a ir al día siguiente y le quería recordar que su relación se iba a terminar en breve.

Deacon se acercó a ella, se retiró el micrófono de la boca y la besó rápidamente.

—¿A qué viene eso?

—Viene a querer ser un sustituto para las palabras que, tal vez, querías oír de mi boca.

—No quiero oír esas palabras, Deacon, porque ya las oí una vez y no fueron sinceras.

Deacon no dijo nada y Kylie se dio cuenta de que sus silencios significaban mucho más de lo que parecía.

No estaba haciendo castillos en el aire ni estaba construyendo esperanzas con la posibilidad de que aquel hombre que tenía el alma vilipendiada se fijara en una chica normal y corriente como ella.

Kylie se quedó mirando el paisaje y pronto vio que se acercaban a otra ciudad.

—¿Y eso qué es?

—Boulder City —contestó Deacon.

—¿Por qué aprendiste a pilotar? —quiso saber Kylie.

—Uno de los primeros trabajos que tuve en Las Vegas consistía en ser guía en una avioneta y los pilotos ganaban más que nosotros, así que decidí que quería aprender a pilotar.

—¿Siempre consigues todo lo que te propones?

La fuerza de voluntad de aquel hombre la maravillaba porque ella también quería ciertas cosas, como tener las piernas más delgadas, un coche mejor o un hombre que la amara, pero nunca había estado dispuesta a dejarse la piel en el trabajo ni a arriesgar sus sentimientos.

Ni siquiera con Jeff, su ex marido, había merecido la pena.

Kylie temía que, al igual que todos los cuentos con final feliz que habían desaparecido al término de la infancia, el mito del amor eterno no fuera cierto.

–¿Kylie?

–¿Qué?

–Te he preguntado que si querías visitar la Hoover Dam, porque he hablado con ellos para dejar el helicóptero cerca.

–Me encantaría –contestó Kylie.

Deacon asintió y se concentró en aterrizar el helicóptero mientras Kylie se preguntaba si aquel plan sería el que hacía con las mujeres con las que salía, si sería un plan para seducirla o algo más.

Le asustaba pensar que pudiera ser algo más porque apenas conocía a aquel hombre y sus mundos eran muy diferentes.

Deacon tenía a gente a su servicio constantemente, mientras que ella se ocupaba de su casa y de su jardín.

Deacon aterrizó el helicóptero, se bajó y dio la vuelta para ayudarla a bajar. La acompañó hasta la limusina que los estaba esperando, la tomó de la mano y se la apretó.

Kylie pensó que aquello quería decir que no la iba a dejar marchar, pero se dijo que, tal vez, aquello no fueran más que imaginaciones suyas.

Deacon tenía aquel día planeado al detalle, pero el trabajo le había entorpecido la cena romántica que tenía preparada y en ese momento, en lugar de estar con Kylie ante una mesa con velas, estaba en su despacho con Mandetti y dos hombres más de la comisión del juego.

Aunque la comisión había decidido que su casino era digno de tomarse como ejemplo y referencia, Deacon no les estaba prestando mucha atención.

Lo único en lo que podía pensar era en que Kylie se iba al día siguiente.

Nunca le había pedido a nadie que se casara con él y jamás hubiera pensado que una mujer iba a ser más importante que las buenas noticias que le estaba dando Mandetti, pero ahora se daba cuenta de que, si no tenía a la mujer adecuada a su lado, el éxito de su negocio no le importaba lo más mínimo.

Por fin, la reunión terminó y los representantes de la comisión se fueron... excepto Mandetti.

–Buen trabajo.

–Gracias, Mandetti. Estoy encantado con los resultados. Mi oferta sigue en pie. Quédate unos días con nosotros y disfruta del hotel y del casino.

–Creo que la voy a aceptar porque hace mucho tiempo que no venía a jugar a Las Vegas.

–Bien, hablaré con mi secretaria para que lo arregle todo.

Deacon dejó a Mandetti con Martha y corrió a reunirse con Kylie en el vestíbulo.

Kylie lo estaba esperando sentada en el mismo lugar en el que se habían visto por primera vez. También tenía, como en aquella ocasión, las gafas puestas y un libro en la mano, pero ahora estaba hablando con una preciosa pelirroja que se encontraba sentada a su lado.

Deacon desaceleró el paso y repasó mentalmente una vez más lo que iba a decir. Se tocó el bolsillo donde tenía la cajita de la joyería.

Había pensado en pedirle que se casara con él en lo alto de la Hoover Dam, pero no le había parecido apropiado.

Sabía que Kylie necesitaba ciertas cosas que él no tenía pensado darle a su esposa. Por ejemplo, palabras, porque se le daba muy mal hablar.

Cuando Kylie le había dicho aquella misma mañana que lo había echado de menos, había sentido pánico porque estaba en territorio desconocido.

Era obvio que Kylie necesitaba demostrarle su afecto, pero también quería que él hiciera lo mismo.

Aquello había sido lo que lo había paralizado, pues él no tenía mucho que darle a una mujer aparte de bienes materiales

Era obvio que a Kylie le gustaban las habitaciones lujosas y jugar en el casino, pero Deacon sabía que también hubiera sido feliz sin aquello, así que, en realidad, él no tenía nada que ofrecerle.

—Deacon —dijo Kylie mirándolo y sonriendo.

Deacon se acercó a ella, la tomó de la cintura y la besó suavemente en los labios.

—Te presento a Tina Sturgel, mi amiga y compañera de habitación. Tina, éste es Deacon Prescott.

Deacon le besó la mano a la amiga de Kylie.

—Encantado.

—Lo mismo digo. Kylie me ha hablado mucho de ti.

—Todo bueno —se rió Kylie.

—Eso espero —sonrió Deacon.

—Yo me voy a la habitación. Que os lo paséis bien —se despidió la pelirroja.

—¿Dónde vamos a cenar? —preguntó Kylie una vez a solas.

—En un sitio especial, pero primero quiero comprarte un vestido nuevo.

—¿Por qué?

—Porque quiero que esta noche todo sea perfecto.

—¿Porque es la última que voy a pasar aquí?

—Sí.

—Yo también estaba pensándolo —dijo Kylie bajando la cabeza y poniéndose a jugar con la cremallera del bolso.

Deacon esperó.

Si Kylie decía que no lo quería volver a ver, tendría que cambiar de plan, tendría que lle-

102

vársela a la habitación y hacerle el amor durante toda la noche y dejar la propuesta de matrimonio para la mañana siguiente.

–Yo... ¿vas de vez en cuando a California? –le pregunté.

–No –contestó Deacon–. ¿Por qué?

–Te iba a invitar a venir a mi casa.

Emocionado, Deacon le tomó el rostro entre las manos y la besó como si fuera la mujer más importante de su vida y lo cierto era que lo era.

–Acepto la invitación encantado.

–¿Eso quiere decir que nuestra relación no acaba mañana?

–No. De hecho, yo quiero que dure mucho tiempo.

–¿Estás proponiéndome una relación a distancia?

–Ya hablaremos de ello en la cena. Venga, vamos a buscar un vestido.

–¿Adónde me llevas?

–A una boutique exclusiva.

–¿Aquí?

Deacon asintió y la guió por el vestíbulo.

Kylie le pasó el brazo por la cintura y Deacon pensó en lo bien que se sentía así. Al pasar cerca de un botones, el hombre sonrió y Deacon pensó que, por fin, su mundo estaba comenzando a ser perfecto.

Capítulo Nueve

Kylie estaba sola en el probador.

No se reconocía a sí misma en el espejo con aquel vestido de seda que le envolvía el cuerpo. Giró sobre sí misma varias veces para verse desde todos los ángulos.

Lo cierto era que estaba guapa, pero no era ella.

El vestido tenía un pronunciado escote delantero y Kylie se recogió el pelo con las manos y se miró el cuello, que parecía de cisne.

Se mordió el labio inferior.

Nunca se había atrevido a ponerse nada así y sabía por qué era. Porque era la hermana normal y corriente, la que todo el mundo esperaba que vistiera de manera normal y corriente y lo cierto era que ella estaba acostumbrada a comportarse así.

Aquel vestido rompía los esquemas de su vida, de la vida que Kylie había previsto tener y no sabía si estaba preparada para hacer algo así.

—¿Qué tal te queda? —preguntó Deacon.

El pobre estaba como un león enjaulado en aquella tienda.

–Bien, pero no creo que me lo vaya a quedar tampoco –contestó Kylie.

Por mucho que aquel vestido le gustara, sabía que se iba a sentir incómoda llevándolo.

–¿No te gusta ninguno? No me lo puedo creer. Voy a hablar con la dueña –rugió Deacon.

–No, Deacon, no lo hagas.

Deacon suspiró.

Mientras Kylie se probaba ropa, había sonado su móvil varias veces. Seguro que tenía cosas mejores que hacer que estar allí esperando a que ella eligiera un vestido.

–Vamos a ir al Chimera. Seguro que allí encuentras algo.

Aquella vez, fue Kylie quien suspiró. Deacon se estaba portando de una forma encantadora, pero aquello no iba a salir bien.

Aquélla era su última noche en Las Vegas y no se la quería pasar de probador en probador.

–No quiero ir a más tiendas –declaró.

–¿Cuál es el problema, ángel?

Kylie apoyó la cabeza en la puerta del probador.

–No me hagas hablar –contestó.

–Déjame entrar.

Kylie descorrió el cerrojo y se echó a un lado. Deacon cerró la puerta tras de sí y se apoyó en ella. Se cruzó de brazos y se quedó mirándola con ojos expertos.

–Estás maravillosa.

–Sí, pero no soy yo.

–Claro que eres tú. Eso es exactamente lo

que tenía pensado para esta noche –dijo Deacon poniéndole los brazos a los lados y mirándola de manera inequívoca.

Kylie sintió un tremendo calor por todo el cuerpo.

Deacon la agarró de la cintura y se situó detrás de ella. Al mirar su reflejo en el espejo, Kylie se dio cuenta de que parecían una pareja.

Una pareja guapa y de éxito.

–Estamos perfectos –sentenció Deacon.

–Deacon, ésa no soy yo.

Deacon la besó en el cuello y Kylie se estremeció.

–Ésta es la verdadera Kylie –murmuró.

Kylie se dijo a sí misma que no se refería a la Kylie que estaba entre sus brazos sino a la Kylie del vestido caro.

–Nunca me he gastado tanto dinero en un vestido –objetó–. Preferiría mirar en los que están rebajados, seguro que encuentro algo.

Deacon negó con la cabeza.

–No, este vestido te lo regalo yo.

–Pero no voy a poder ir a cenar con este vestido.

–¿Por qué no? ¿Necesitas una talla más?

–No, no es eso. Lo que pasa es que sólo podría pensar en no mancharlo.

–Quiero hacerte un regalo bonito, así que, si no quieres este vestido, elige cualquier otro –le indicó Deacon señalando el montón de preciosos vestidos que les había llevado la dependienta.

–No es el vestido. Es este lugar. Me siento...

–¿Cómo? –quiso saber Deacon apartándose de ella.

Al hacerlo, Kylie sintió un inmenso vacío y se dio cuenta de lo mucho que lo iba a echar de menos. ¿Cómo iba a poder volver a su rutina sin sus caricias?

–Me siento como una impostora, como un fraude, como si quisiera ser alguien que no soy.

–No me lo puedo creer, Kylie. De todas las personas que conozco, tú eres de las pocas que realmente sabe quién es.

–Sí, yo sí lo sé, pero tú no porque hace muy poco tiempo que nos conocemos.

Deacon se pasó una mano por el pelo y suspiró.

–Yo sólo quiero que esta noche sea especial. No pretendo que te pongas ese vestido todos los días.

–Estoy exagerando, ¿verdad?

–Sí y no entiendo por qué.

–Yo... lo que pasa es que renuncié a una parte de mí por mi ex marido porque quise ser la esposa perfecta que él buscaba y terminé prometiéndome a mí misma que jamás volvería a hacerlo.

–Yo no te estoy pidiendo que seas la esposa perfecta ni una mujer florero.

–En mi mente lo sé, pero mi corazón, Deacon, me está pidiendo que haga lo que sea para complacerte.

—Ya me complaces, Kylie. Me complaces tanto que no te lo creerías.

Deacon salió del probador y pagó el vestido y los zapatos de Kylie. A continuación, le pidió a la vendedora que le pidiera cita para peinarla y maquillarla en el local de al lado.

También le dejó una nota a Kylie explicándole que pasaría a recogerla para ir a cenar.

Tenía que hacer unos arreglos de última hora. Aunque Mac le había dado algunos consejos, Deacon se había comprado una revista de bodas y había entresacado algunas ideas románticas para el momento en el que le iba a pedir a Kylie que se casara con él.

Quería que olvidara que no había sido capaz de expresar con palabras sus sentimientos o de admitir que la había echado de menos.

Quería convencerla de que era el hombre perfecto para ella.

Tomó el ascensor privado hasta el ático, donde, tal y como había ordenado, había velas por todas partes y donde la cadena de música estaba esperando a que sonaran la recopilaciones de Ella Fitzgerald y Miles Davis.

Deacon esperaba que Kylie recordara que aquélla había sido la música que habían escuchado en su primera cita.

Había dos grandes jarrones llenos de rosas y una discreta cajita con un impresionante collar de diamantes y una pulsera a juego sobre la mesa.

El último detalle eran los pétalos de rosa que, dispuestos en el suelo, formaban un sendero que conducía al dormitorio.

Todo estaba perfecto, así que, ¿por qué sudaba?

Según la revista, a todas las mujeres les gustaban aquellas cosas y él había planeado todos y cada uno de los detalles para que todo saliera bien.

Sin embargo, sabía que Kylie era impredecible.

En aquel momento, sonó su teléfono móvil.

–Prescott al habla.

–Hola, hoy es la gran noche, ¿verdad? –dijo Mac, que estaba al tanto de todo lo que había pasado entre Kylie y él.

–¿No tienes acaso un hotel del que ocuparte? –contestó Deacon, pensando que era imposible tener intimidad en aquella ciudad.

–Sí, pero es mucho más divertido verte planear la propuesta de matrimonio perfecta.

–No te pases, Mac.

–Sólo era una broma. Seguro que te va a decir que sí y, ¿sabes una cosa?, la verdad es que no me va a importar perder la apuesta.

–Hasta luego, Mac.

–Buena suerte, Deacon.

Cuando Mac colgó, Deacon se puso bien la corbata por enésima vez, se tocó el bolsillo para asegurarse de que tenía el anillo, se cercioró de que la botella de champán estuviera en la nevera, llamó a la cocina para comprobar que la cena estaba preparada y luego, no tuvo más remedio que armarse de paciencia hasta que llegara la hora de ir a recoger a Kylie.

Se acercó al ventanal y se quedó mirando la ciudad. Su ciudad. Las Vegas era todo lo que él había sido, su pasado, su presente y su futuro.

Kylie era la llave que le permitiría pasar de propietario de casino a empresario de éxito y a poderse codear con la alta sociedad, aquella mujer le daría la credibilidad por la que él tanto había luchado.

Miró la hora y bajó al vestíbulo a recogerla. En el camino, se encontró con el fotógrafo que había contratado para que les hiciera fotos aquella noche.

—Quiero que nos hagas una fotografía en El Dorado —le indicó—. Ya he hablado con los chicos de seguridad para que dejen caer la cascada cuando estemos listos para la foto.

—Usted es el jefe.

Deacon asintió y siguió su camino. Tomó aire y se dijo que no tenía nada que perder. Si Kylie decía que no... no iba a decir que no.

Cuando se disponía a entrar en la peluquería, se abrió la puerta y apareció Kylie. Deacon se quedó sin habla. Sólo podía mirarla fijamente.

Estaba impresionante con aquel recogido en lo alto de la cabeza y aquellos mechones que le caían a los lados de la cara.

Cuando lo miró a los ojos, Deacon sintió que se le aceleraba el corazón.

Le dieron ganas de tomarla en brazos y de llevársela al dormitorio para marcarla como suya y asegurarse de que nadie, sobre todo ella misma, lo olvidara jamás.

—¿Qué te parece?

—Estás maravillosa, ángel.

—A mí me encanta cómo me han dejado —comentó Kylie yendo hacia él.

Se paró a pocos milímetros de él y le puso las manos en los hombros, tal y como hacía siempre que lo iba a besar. Pero en aquella ocasión no lo besó. Se quedó mirándolo a los ojos, buscando la respuesta a una pregunta que sólo ella conocía.

—Antes, en el probador, he estado un poco desagradable.

—¿Desagradable?

Cuánto le costaba concentrarse cuando Kylie se pasaba la lengua por los labios. Todo lo masculino que había en él estaba en alerta roja, se sentía como un misil activado con el blanco enfrente.

—Sí, desagradable —contestó Kylie besándolo—. Gracias.

Deacon intentó demostrarle con aquel beso todo lo que no le había podido decir con palabras porque, mientras iba hacia él, se había dado cuenta de por qué aquella mujer lo hacía sudar.

Daba igual lo que le costara porque lo que

quería era estar con ella para siempre y, por primera vez, rezó para que la buena suerte que siempre lo había acompañado en la vida no lo abandonara en aquella ocasión.

Kylie se dijo que aquel maravilloso beso merecía la odisea en la que se había convertido ir a comprar un vestido y convertirse en una mujer que no reconocía.

Aquel beso era auténtico y le confirmó lo que había empezado a sentir por él, le confirmó que su corazón y su mente iban a la par porque Deacon era mucho más que un ligue de vacaciones.

Kylie se sentía como la Cenicienta preparándose para el baile, pero se recordó lo que les ocurría a ciertas princesas y se dijo que, a veces, los cuentos no tenían finales felices.

De repente, Deacon se apartó de ella.

–Maldición.

Kylie lo miró preocupada.

–¿Estás bien?

–Sí, pero casi se me olvida lo que tenía planeado para esta noche –contestó metiéndose las manos en los bolsillos cuando Kylie se acercó a él.

–No pasa nada porque cambiemos los planes sobre la marcha –dijo Kylie mojándose los labios.

–No te muevas de ahí. Todo tiene que salir perfecto.

Kylie lo miró confundida. ¿Qué habría planeado para aquella noche que tanto temía que no saliera bien?

–¿Por qué?

–Porque quiero que esta noche sea especial.

–Todas las noches son especiales contigo –le aseguró Kylie.

Deacon había hecho que cambiara de opinión sobre los hombres y las relaciones con ellos. Deacon le había hecho cambiar de opinión sobre muchas cosas.

Pocos hombres hubieran ido tan lejos para hacerla sentirse tan... preciosa para él.

Deacon esbozó una sonrisa.

–Estamos aquí para hacerte disfrutar.

–Te aseguro que lo consigues –contestó Kylie.

–Venga, vamos. La noche nos espera –le dijo tomándola del codo y conduciéndola fuera del hotel.

–¿Adónde vamos?

–A El Dorado. He contratado a un fotógrafo para que nos saque unas fotografías.

Kylie sintió un nudo en el estómago. ¿Por qué se había tomado Deacon tantas molestias aquella noche?

La única respuesta que se le ocurría la hizo estremecerse de pies a cabeza.

El fotógrafo los colocó delante de la cascada y, a continuación, Deacon llamó a alguien por teléfono y la cascada de oro comenzó a caer.

Lo único que tenía que hacer Kylie era mirar a Deacon a los ojos y eso era muy fácil de hacer. Aquellos fríos ojos grises estaban llenos de una calidez que Kylie no había visto en ellos antes.

Era consciente de que sus ojos estaban preñados de amor y de que, probablemente, Deacon se estaría dando cuenta.

Deacon le acarició la mejilla y la besó con delicadeza haciendo que Kylie sintiera que aquel momento era mágico, estar en aquel lugar con aquel hombre era pura magia.

Todo lo demás desapareció y Kylie sólo tuvo ojos para Deacon, para el hombre que se había convertido en el centro de su vida.

Lo cierto era que le daba miedo amar a un hombre que vivía en un mundo completamente diferente al suyo, en un mundo en el que se había divertido mucho estando de visita, pero en el que jamás podría vivir a gusto.

–Perfecto –dijo el fotógrafo–. Ahora tienen que mirarme los dos a mí.

Ambos se giraron hacia él tomados de la cintura y el fotógrafo les hizo unas cuantas fotografías más. A continuación, hizo un descanso para recargar la tarjeta de memoria digital de la cámara.

–Será sólo un momento.

Deacon se metió las manos en los bolsillos del pantalón y asintió.

–Ven a sentarte conmigo, Kylie.

–¿Por qué?

Deacon estaba nervioso y Kylie se sentía confusa porque Deacon se estaba comportando de un modo extraño aquella noche.

—Porque yo te lo pido.

Aquello hizo sonreír a Kylie.

«Este hombre está acostumbrado a dar órdenes a todo el mundo», pensó.

Deacon la llevó a un banco de hierro situado cerca de una pequeña fuente y le indicó que se sentara.

—Te tengo que preguntar una cosa.

—Muy bien —contestó Kylie.

—¿Te quieres casar conmigo?

Capítulo Diez

Mientras Deacon esperaba a que Kylie contestara, le pareció que el tiempo era eterno. Oía el murmullo de las hojas caídas de los árboles y oía el latir de su propio corazón.

Se sacó la cajita del bolsillo y la abrió, pero Kylie seguía sin contestar.

Lo miró con una expresión indescifrable y Deacon se dio cuenta de que las mujeres eran impredecibles y de que jamás las había entendido.

Cuando sacó el anillo de la almohadilla, Kylie ahogó una exclamación y Deacon deseó habérselo pedido en su dormitorio para haberle podido hacer el amor primero.

¿Y si la revista se equivocaba? ¿No le hubiera gustado más a Kylie que le hubiera pedido que se casara con él en la cama después de haber hecho el amor?

Ya era demasiado tarde.

Deacon se puso de rodillas ante ella. Sólo necesitaba oír una palabra de sus labios para que todo aquel romanticismo hubiera merecido la pena.

Oyó al fotógrafo a sus espaldas y se dijo que

iba a parecer un idiota si aquello no salía bien, pero en los casinos había que asumir grandes riesgos si se querían obtener grandes beneficios.

Y por Kylie merecía la pena correr el riesgo. Deacon esperaba nervioso.

Una parte de él, el niño que siempre había anhelado que lo aceptaran, aguantó la respiración, pero el hombre en que se había convertido, mucho más realista, se dijo que había otras mujeres en el mundo.

Aun así, se sentía a gusto con aquélla y no se veía pidiéndole a otra que se casara con él.

Aquella mujer a la que había elegido en un monitor de seguridad era mucho más de lo que había esperado. Se la imaginaba con sus hijos en brazos, era su futuro, y eso nunca le había ocurrido con nadie.

—Oh, Deacon —dijo Kylie alargando la mano.

Deacon la tomó entre las suyas y, al ver que tenía los dedos fríos, comprendió que estaba nerviosa también y aquello lo reconfortó.

Deacon le besó la mano y sintió cómo se estremecía. Entonces, le puso el anillo satisfecho, sabiendo que estaba haciendo lo correcto.

No por la apuesta que había hecho con Mac, sino porque sabía que la vida con aquella mujer iba a hacerle feliz.

—¿Eso es un sí?

Kylie tomó aire y lo miró con los ojos muy abiertos.

–¿Por eso querías que todo fuera perfecto?

Deacon asintió.

–Oh, Deacon. Esto es... mágico. Sí, me quiero casar contigo.

Deacon se puso en pie arrastrándola con él y la besó con urgencia, pensando que la cena iba a tener que esperar porque lo más importante en aquel momento era hacer el amor con su futura esposa.

–Lo he fotografiado todo –comentó Josh–. Ha quedado muy bien eso de ponerse de rodillas.

–Muchas gracias, Josh. Eso va a ser todo por hoy. Ya hablaremos mañana para las fotos de la boda –contestó Deacon.

Cuando el fotógrafo se hubo ido, se giró hacia Kylie y sonrió.

–Vamos a celebrarlo.

La magia de aquella noche no terminó allí. Deacon la llevó a su dormitorio, que era lo más romántico que Kylie había visto en su vida, pues estaba cubierto de velas y de rosas por todas partes.

La tomó en brazos para cruzar el umbral y, al hacerlo, Kylie sintió su erección. Deacon se apresuró a apartarse y aquello hizo que Kylie se emocionara porque era obvio que aquel hombre no quería que el aspecto físico quitara romanticismo a aquella noche, así que decidió que, a cambio, ella le daría todo lo que le pidiera.

Deacon le apartó la silla para que se sentara a cenar. La trompeta de Miles Davis se había apoderado de la habitación y a Kylie le pareció sentir la fresca brisa del desierto que había sentido en su primera cita.

Entonces, se dio cuenta de que Deacon se había esforzado realmente porque aquella noche fuera especial para ella y aquello hizo que se enamorara todavía más de él.

—Gracias por todo esto –le dijo.

—De nada. Nunca le había pedido a una mujer que se casara conmigo y nunca lo voy a volver a hacer, así que pensé que tenía que ser una noche especial.

—Lo es. No me puedo creer que me hayas pedido que me case contigo.

—¿Ya te estás arrepintiendo? –dijo Deacon sirviendo dos copas de champán.

—No, pero es que me parece increíble. Tengo que llamar a mis padres para decírselo.

—¿Quieres llamarlos ahora?

—No, están de viaje en Francia y me parece que, por la diferencia horaria, los despertaría.

—¿Quieres que esperemos a que vuelvan para casarnos?

—¿Cuándo tenías previsto celebrar la ceremonia?

—Mañana. Quería que tus amigas estuvieran aquí, pero no había pensado en tu familia.

Vaya, aquello de casarse al día siguiente era hacer las cosas de manera realmente rápida.

Kylie cerró los ojos y se preguntó si casarse

con Deacon era realmente lo que quería hacer.

Su corazón le decía que sí, pero su cabeza le decía que aquel hombre iba demasiado deprisa.

Por otra parte, casarse con sus amigas sería la guinda perfecta para aquellas vacaciones.

—Muy bien —contestó por fin—. Me podría poner este vestido.

—No. Tienes que llevar un vestido de novia. Lo tengo todo arreglado para que mañana te pruebes uno.

Lo cierto era que a Kylie no le apetecía nada tener que elegir vestido y, sobre todo, no quería un vestido de novia blanco.

—Te recuerdo que ya he estado casada antes, así que no quiero un vestido de princesa.

—¿Qué es lo que quieres? —le preguntó Deacon tomándola de la mano.

Cuando la miraba así, Kylie se sentía el centro del universo.

Lo que realmente quería era a él, pero dudaba mucho que Deacon la entendiera. Kylie quería una boda tranquila e íntima porque ya había tenido una gran boda la primera vez y se había dado cuenta de que tener la boda perfecta no quería decir que el matrimonio fuera a ser perfecto.

—Tenemos que hablar de un montón de cosas.

—Sí —contestó Deacon—. Espero que entiendas que yo no me puedo ir a vivir a California.

¿Tú te ves viviendo aquí? Por supuesto, tienes vía libre para redecorar esta casa o, si lo prefieres, podemos hacernos otra.

«Madre mía, el trabajo. Voy a tener que decir que me voy y voy a tener que buscarme otro», pensó Kylie.

En aquel momento, le pareció que parte de la magia de la noche desaparecía.

—Creo que prefiero hablar de todo esto mañana —declaró.

Deacon asintió.

—Ya me ocuparé yo de todo.

Cuando comenzó a sonar la música de Ella Fitzgerald, Deacon se puso en pie y le ofreció la mano. Kylie se perdió entre sus brazos y se dejó llevar por él, que era un maravilloso bailarín.

Apoyó la cabeza en su hombro y siguió el ritmo de la música mientras Deacon la acariciaba y le decía palabras cariñosas al oído.

—Soy el hombre más feliz de la tierra —le dijo al oído.

Kylie sabía que a Deacon le costaba mucho decir aquel tipo de cosas y supo que eso quería decir que sentía lo mismo por ella que ella por él y que compartían un amor que sólo se encuentra una vez en la vida.

Deacon llamó al restaurante para que les sirvieran la cena y en poco tiempo subieron un par de camareros que lo dispusieron todo.

—He encargado una cena caliente para no poder saltárnosla —sonrió Deacon una vez a solas de nuevo.

–A mí no me importa tomármela fría –contestó Kylie.

–Pero a mí sí, porque entre tú y yo hay mucho más de lo que compartimos en la cama.

–Ya lo sé.

–A veces, me cuesta recordarlo.

–Ya te lo recordaré yo.

Sí, se lo recordaría ella porque ése era su papel como esposa y, aquella vez, se iba a casar sabiendo lo que hacía, sin falsas esperanzas de lo que debía ser el matrimonio y siendo consciente de que Deacon jamás la obligaría a ser la esposa perfecta que él quería.

Deacon esperó pacientemente a terminar de cenar antes de agarrar a Kylie de la mano para llevarla a su dormitorio.

–Tengo algo muy especial de postre.

En el dormitorio había más velas, pétalos de rosa por el suelo y una cubitera con fresas y tres salsas diferentes.

–Oh, Deacon, esto es precioso –dijo Kylie recorriendo la habitación.

Se quitó los zapatos y cerró los ojos mientras pisaba los delicados pétalos de rosa.

–Esta noche es toda para ti, ángel.

Kylie se acercó a él, lo agarró de la corbata y lo llevó hacia la cama. Una vez allí, lo empujó suavemente para que se sentara.

–Esta noche es para nosotros y tú a mí ya me has dado suficiente.

–Tengo un último regalo.

–Ahora no. Ahora, quiero hacerle el amor a mi prometido. Quiero que esta noche sea especial para ti también.

Deacon sintió que se le aceleraba el corazón.

–Ya lo has hecho accediendo a ser mi esposa.

–Sí, pero te voy a demostrar lo feliz que me hace que me lo hayas pedido.

–Encantado, pero con dos condiciones.

–¿Cuáles?

–Que sólo lleves puesto esto –contestó Deacon sacando el collar y la pulsera de diamantes del cajón de la mesilla.

Kylie ahogó una exclamación al verlo.

–Date la vuelta.

Kylie obedeció y Deacon le puso el collar.

–Ahora, la muñeca –le dijo.

Kylie le tendió la mano y Deacon le colocó la joya de diamantes alrededor de la muñeca.

–¿Y la otra condición? –quiso saber Kylie.

–Que me dejes demostrarte a ti también lo feliz que me hace que vayas a ser mi esposa.

–Muy bien. Ahora, siéntate. ¿Tienes una cadena de música por aquí?

–Sí –contestó Deacon–. ¿Qué música te apetece escuchar?

–Ya voy yo. Me apetece algo de jazz.

Deacon se quitó los zapatos y el cinturón antes de poner las almohadas contra el cabecero y apoyarse en ellas.

A menos que se hubiera equivocado, estaba seguro de que iba a ser testigo de un maravilloso strip-tease.

Kylie se concentró en los CDs y seleccionó uno. Pronto los acordes de *Babilón Sisters,* de Steely Dan invadieron la habitación.

Deacon nunca hubiera dicho que aquella canción fuera seductora, pero, cuando Kylie se giró y comenzó a andar hacia él con un sugerente movimiento de caderas, le pareció la canción más seductora del mundo.

Deacon no se quería perder nada. Kylie avanzaba hacia él levantándose poco a poco el vestido y él se moría por ver la piel que había debajo.

Por fin, vio las braguitas de encaje blanco.

Estaba tan excitado que tuvo que estirar las piernas.

Kylie se bajó la cremallera del vestido y lo dejó caer hasta la cintura sin dejar de bailar. Al llegar a la cama, lo dejó caer hasta el suelo y movió las caderas con la gracia de una bailarina de la danza del vientre.

–Este invierno estuve yendo a clases de baile con mis amigas. ¿Qué te parece?

Estaba ante él sólo ataviada con sujetador, braguitas, medias, tacones altos y las joyas que le acababa de regalar.

–No sé si soy la persona más adecuada para juzgar –contestó Deacon pensando que tenía unas piernas dignas de una bailarina de strip-tease.

–¿Pero no eras tú el hombre que estaba eligiendo hoy mismo a las bailarinas para un espectáculo?

–Sí, pero… ¿Es que acaso quieres formar parte de ese número?

–No, yo… no soy…

–¿Lo suficientemente sexy y descarada?

–Tienes razón –dijo Kylie echando los hombros hacia atrás–. Claro que lo soy. Soy lo suficientemente sexy y descarada como para ser showgirl. Por lo menos, para ti.

Deacon se quitó la camisa y la tiró al suelo. A continuación, se sentó en el borde de la cama y la acercó a él.

Kylie tenía la piel ardiendo. Nunca una mujer lo había excitado tanto. No podía esperar más. Quería hacerle el amor.

–¿Qué haces? –protestó Kylie cuando Deacon la colocó entre sus piernas–. Mando yo.

–Ya no –contestó Deacon abrazándola y echándose hacia atrás con ella encima.

Le acarició la espalda, le desabrochó el sujetador y apartó la prenda de sus pechos con los dientes.

Sin esperar, tomó uno de sus pezones entre los labios y aspiró. Kylie se arqueó contra él. Deacon ya no podía más. Necesitaba poseerla, pero quería que todo saliera perfecto, así que deslizó la mano dentro de sus braguitas para ver si ella estaba lista.

La encontró completamente empapada, así que le bajó las braguitas.

–Échate sobre las almohadas –le indicó Kylie.

Deacon se echó hacia atrás y se quitó los pantalones y los calzoncillos. A continuación, se puso un preservativo y Kylie se sentó sobre su erección mirándolo a los ojos.

Al sentir cómo la penetraba, se estremeció, cerró los ojos y echó la cabeza hacia atrás. No se movió. Se quedó parada, contrayendo las paredes de la vagina.

Deacon creyó morir de placer, pero necesitaba moverse en su interior.

La agarró de las caderas y la subió y la dejó caer un par de veces antes de sentir en la base de la columna vertebral aquel escalofrío que le anunciaba que estaba a punto de alcanzar el orgasmo.

Le tomó un pezón entre los dientes y lo mordisqueó. Entonces, la oyó gemir y supo que ella también estaba al borde del clímax.

Esperó a que comenzaran las oleadas de placer y, entonces, la embistió por última vez y se dejó ir abrazándola.

Sus corazones latían a la vez y, por primera vez en su vida, Deacon sintió que estaba yendo hacia un lugar donde se iba a sentir completamente a gusto consigo mismo y con su existencia.

Y supo que Kylie era la artífice de aquello.

Capítulo Once

Menos de una semana después, Kylie volvió a Las Vegas en el avión privado de Deacon.

Él estaba en una reunión cuando Kylie llegó al hotel, así que decidió darse una vuelta por el casino y se encontró con Angelo Mandetti.

—¿Cómo es que sigues por aquí, Angelo?

—No sé. Creía que ya había terminado mi trabajo, pero debe de ser que me he equivocado.

—¿Has visto a Deacon?

—No. Voy a la sala de seguridad para reunirme con el jefe del departamento. ¿Quieres venir conmigo? Te puedo enseñar a utilizar las cámaras de vigilancia para localizar a tu marido.

La boda había tenido lugar dos días después de que Deacon le pidiera que se casara con él y había sido sencilla e íntima.

Deacon se había esmerado para que todo saliera a la perfección e incluso había hablado con sus padres para que volvieran antes de lo previsto de su viaje y con sus hermanas para que llegaran a tiempo a la ceremonia, que se llevó a cabo en una tienda en el desierto en el lugar al que fueron en su primera cita.

–¿Se puede hacer eso?

–Claro que sí. Así es como Deacon te vio por primera vez. ¿No te lo ha contado?

–No, pero me lo puedes contar tú.

–Sí, claro... lo cierto es que te vio y decidió que se quería casar contigo –le explicó Mandetti.

Kylie jamás hubiera dicho que Deacon era de los hombres que se enamoraban a primera vista, pero aquello encajaba con lo que le había dicho del destino la noche en que se conocieron.

–Gracias, Angelo. Sí, te voy a acompañar a la sala de seguridad. A ver si encuentro a Deacon y le doy una sorpresa.

Mandetti la acompañó hasta la zona reservada a los empleados del casino. Deacon le había prometido varias veces que se lo iba a enseñar entero, pero estaba muy ocupado porque tenía mucho trabajo y no había podido ser de momento.

De hecho, precisamente porque tenía mucho trabajo, Kylie había vuelto sola a Glendale para recoger sus cosas.

Deacon le había prometido que se iban a ir un mes de vacaciones a las islas Fidji y Kylie estaba deseando tener a su marido para ella sola.

Se miró la alianza y una enorme sensación de amor y satisfacción se apoderó de ella.

Incluso su padre, que jamás daba muestras de emoción, le había dicho lo contento que estaba de que hubiera encontrado a un hombre como Deacon.

–Ya hemos llegado –anunció Angelo abriendo la puerta para que entrara en la sala de seguridad.

Kylie se fijó en que había varios monitores y una gran cristalera que los separaba de otra sala en la que estaban los guardias de seguridad.

–¿Y esta habitación para qué se utiliza?

–La utiliza Deacon de manera privada y así no interrumpe al equipo de seguridad.

–Buena idea.

–Tu marido tiene muchas buenas ideas y, de hecho, las he documentado bien para ponerlas en práctica en otros hoteles con casino.

Kylie no supo qué decir. Qué orgullosa estaba de Deacon. Sabía que había trabajado mucho para llegar donde había llegado y supuso que debía de estar muy contento de que otros reconocieran sus esfuerzos.

Kylie se acercó a los monitores y vio las tiendas, la piscina, las salas de juego y el vestíbulo. Angelo tocó algunos botones de un mando y aparecieron otros lugares del casino.

Cuando llegaron a los despachos privados, apareció Deacon con un hombre al que Kylie no conocía.

–¿Quién es?

–Hayden Mackenzie, el dueño del Chimera.

–¿Es amigo de Deacon?

Angelo asintió.

–¿Y también se puede oír lo que están diciendo?

–Sí, éste es el mando del volumen –contestó Angelo.

Kylie dio varias veces al botón hasta que oyó la voz de Deacon con claridad.

–Nunca creí que fueras a ser capaz de celebrar la boda –dijo Mac–. ¿Era tan importante para ti ganar?

–Te dije desde el principio que iba a ser mi mujer y lo es. Lo demás no importa –contestó Deacon.

–No estoy tan seguro de eso, pero lo cierto es que has ganado la apuesta.

–Sí, y ya he hablado con los analistas financieros del albergue infantil para que se pongan en contacto contigo.

–Me parece bien.

Kylie se giró hacia Angelo.

–Lo siento, *cara mia.*

–¿Por qué? Oh, Dios mío, ¿tú también sabías lo de la apuesta?

–Sí.

–¿En qué consistía? Quiero saberlo todo.

–No es tan horrible como te imaginas.

–Eso seré yo la que lo juzgue –contestó Kylie sintiéndose tremendamente vulnerable–. ¿Por qué yo?

–No sé todos los detalles, sólo que te vio y dijo que se iba a casar contigo. Mac apostó a que no lo conseguía y le dio de plazo dos semanas.

–Qué fácil se lo he puesto – se lamentó Kylie.

–Pero ahora los dos sois felices.

–Sí, pero, ¿cuánto durará? ¿Hasta que Deacon se haya gastado lo que ha ganado en la apuesta?

–Kylie...

–Gracias por enseñarme el casino, Angelo –dijo Kylie abriendo la puerta y perdiéndose en el largo pasillo.

Tal vez, todo aquello fuera un malentendido, pero no lo creía.

Por lo visto, su sueño de amor eterno había vuelto a fracasar. De nuevo le había entregado el corazón a un hombre que, en realidad, no lo quería.

No quería volver a verlo, pero tampoco tenía dónde ir porque había alquilado su casa de California a una compañera del trabajo y no quería que nadie se enterara de que Kylie Smith había vuelto a meter la pata en el amor.

Deacon estaba feliz porque su albergue infantil iba a tener un nuevo edificio, la comisión del juego iba a utilizar su casino como ejemplo de innovación y, sobre todo, porque Kylie volvía aquel día.

La había echado de menos mucho más de lo que había esperado.

Salió de su despacho y atravesó el casino. Al ver la hora que era, llamó a su secretaria y le preguntó si su avión había aterrizado ya.

–Tu mujer lleva una hora y media en el hotel –le informó Martha.

–¿Y por qué no me lo has dicho?

–Porque no me lo habías pedido –contestó la secretaria colgando el teléfono.

Deacon la conocía bien y sabía que le había molestado su tono de voz.

Fue al ascensor y esperó impaciente a que llegara. Tenía una reunión muy íntima esperándolo. Se moría por hacerle el amor a su mujer y, una vez saciada, hablarle de su luna de miel en las islas Fidji.

Al abrir la puerta de la suite, se encontró con Kylie que salía con una maleta en cada mano. Tenía los ojos rojos e hinchados.

Deacon la abrazó y las maletas le golpearon las piernas. ¿Qué habría ocurrido? Le acarició la espalda intentando consolarla.

–¿Adónde vas? –le preguntó.

–A mi casa –contestó Kylie apartándose de él.

–Tu casa es ésta –le recordó Deacon.

–Yo también lo creía así, pero ahora ya no estoy tan segura.

–Me parece que se me escapa algo –dijo Deacon quitándole las maletas y dejándolas en el suelo–. ¿Qué pasa?

Kylie se apartó un mechón de pelo de la cara y lo miró con los ojos muy abiertos.

–No sé por dónde empezar.

–Por el principio.

Kylie se paseó alrededor de la mesa de billar y llegó al ventanal del otro lado del salón. Deacon veía su reflejo en el cristal y se le antojó que parecía sola y hundida.

Aquella mujer no tenía nada que ver con su Kylie, una mujer que irradiaba entusiasmo por todo.

—Cuando he llegado, he ido a buscarte y me he encontrado con Angelo, que se ha ofrecido a darme una vuelta por el casino. Me ha llevado a la sala de vigilancia para que te pudiera buscar a través de las cámaras.

Deacon maldijo en silencio, pues había estado los últimos cuarenta y cinco minutos con Mac.

—Estabas hablando con Hayden Mackenzie de una apuesta... de mí.

Deacon fue hacia ella.

—Kylie...

Kylie levantó una mano para que no se acercara a ella.

—No. No quiero que me expliques nada. Lo que quiero es irme y hacer como que nada de esto ha sucedido.

—Pero sí ha sucedido y no como tú crees. Yo ya había decidido que quería casarme contigo antes de que Mac me propusiera la apuesta.

Kylie se giró hacia él y, cuando se dio cuenta de que estaba haciendo un tremendo esfuerzo para no llorar, Deacon se sintió un canalla.

Había creído que había cambiado con los años, pero ahora se daba cuenta de que seguía siendo una mala persona.

—No te entiendo, Deacon.

—Ángel, yo apuesto constantemente y lo sabes. No fue para tanto.

—¿Pero por qué apostaste algo así?

—Mac sabía que me quería casar con la mujer adecuada y me dijo que no sería capaz de convencerte de que fueras mi esposa.

—¿Y cómo es la mujer adecuada?

—Como tú.

—Pero si no me conocías.

—Pero tu apariencia era la adecuada.

—Pero si llevaba gafas. Mi aspecto no era glamouroso en absoluto, no me parecía en nada a la mujer que tú estarías buscando.

—Precisamente por eso me fijé en ti. Me pareciste tranquila y refinada, lo que buscaba en una esposa.

—¿Te has casado conmigo por mi imagen?

—Sí, porque eres la esposa perfecta.

—Maldita sea, Deacon. No soy una fotografía sino una mujer de carne y hueso y no me gusta lo que estoy oyendo. Creía que me conocías mejor.

—Te conozco bien –le aseguró Deacon dándose cuenta de que la conversación iba de mal en peor.

Había llegado la hora de retirarse.

—¿Por qué creíste que sería la esposa perfecta?

Aquello no iba a terminar bien.

Deacon deseó que sonara el teléfono móvil, pero no lo hizo.

—Yo... eh...

—No te hagas el loco porque lo quiero saber todo.

–Ángel, no es lo que tú crees. Es cierto que tenía la imagen de la mujer perfecta en la cabeza y quería que se convirtiera en mi esposa y madre de mis hijos, pero, cuando te conocí, me di cuenta de que tú eras la única mujer con la que yo quiero estar.

–¿De verdad?

–Sí, de verdad –contestó Deacon yendo hacia ella y abrazándola.

Kylie lo abrazó por la cintura y descansó la cabeza sobre su corazón.

–Menos mal, porque yo te quiero mucho, Deacon –dijo Kylie mirándolo a los ojos.

Deacon sintió que se le encogía el estómago. Podía con todo menos con aquello, con todo menos con el amor, porque sabía que el amor era sólo una ilusión que cambiaba de un día para otro.

Kylie esperó a que Deacon le dijera que él también la quería, pero no dijo nada y Kylie se dio cuenta de que se había vuelto a equivocar.

Estaba claro que no se había casado con ella por amor.

Kylie sintió que se le partía el corazón y se apartó de él.

–No me quieres, ¿verdad, Deacon? –le preguntó con la voz tomada por la emoción.

Deacon se pasó una mano por el pelo.

–El amor es sólo una ilusión.

–El amor no es una ilusión –le aseguró Kylie.

Ella siempre había creído en el amor y siempre lo había buscado porque sabía que existía. La prueba era el matrimonio de sus padres.

–Puede que para ti no lo sea, pero aquí en Las Vegas es una ilusión. Hay hombres que creen que el dado los ama, que la suerte los ama, que la mujer que han conocido en el bar los ama, pero, cuando se van de Las Vegas, ese amor desaparece.

Kylie pensó que, si ella hubiera crecido rodeada de jugadores y bailarinas de strip-tease, tal vez, pensaría igual.

Aquello no hizo que se sintiera mejor porque lo cierto era que le había entregado el corazón a Deacon y él estaba diciendo que el amor era una ilusión.

–Yo no soy como esas personas. No soy una mujer inconstante. Yo tengo muy claro lo que siento y lo que quiero.

–Y yo no digo lo contrario, pero en esta ciudad es muy fácil confundirse y creer que hay algo más que afecto y compromiso con una persona.

–¿Afecto y compromiso? ¿Pero qué soy yo para ti, una mascota? –explotó Kylie con sarcasmo.

–Creo que será mejor que sigamos hablando cuando te hayas calmado. He comprado un terreno en las afueras y he contratado a un arquitecto para que nos haga un proyecto para construir nuestro nuevo hogar.

Durante unos segundos, Kylie estuvo tentada a dejar que cambiara de tema, pero, al final, no pudo hacerlo.

Su matrimonio era lo que más le importaba en el mundo y no quería que comenzara escondiendo los asuntos importantes debajo de la alfombra.

—No he terminado de hablar del amor. No quiero estar casada con un hombre que no me quiere.

Deacon apretó los puños.

—Ángel, te aseguro que me importas más que nadie.

—Eso me halaga, pero yo te acabo de decir que te quiero y tú te has echado atrás.

—Deja de hablar del amor. No es más que una palabra.

—Sí, sólo es una palabra y por eso precisamente no entiendo por qué te da miedo.

—A mí nada me da miedo —dijo Deacon con frialdad.

Kylie se dio cuenta de que le había dado en un punto débil.

—En esta vida, todos tenemos miedo de algo. Yo te he contado cuáles son mis puntos débiles, desde la imagen que tengo de mi cuerpo hasta la adicción que tengo a las novelas románticas, pero tú no me has hablado de los tuyos.

—Esta conversación es de locos. Tengo que volver a trabajar. Cuando quieras ser razonable, llámame.

—¿Y quién dice que no estoy siendo razonable ahora mismo?

Kylie se dio cuenta de que Deacon estaba huyendo y se preguntó si debería dejarlo marchar. ¿Volvería? ¿Querría ella que volviera sabiendo que no la quería?

—Lo digo yo. El amor no es más que una palabra que la gente utiliza para justificar cosas que saben que, en realidad, no deberían hacer.

—¿Te parece que eso es lo que yo hago?

—Te casaste conmigo conociéndome sólo desde hacía cuatro días.

Kylie creía que ambos se habían enamorado perdidamente y casarse con él tan rápido había sido la más romántico que había hecho en su vida.

—Me he casado contigo porque te quiero.

—O porque has decidido que me quieres. Un matrimonio tan rápido, normalmente, está basado en una fuerte atracción física y lo que pasa ahora es que quieres defender esa decisión.

Kylie negó con la cabeza y sintió que se le rompía el corazón.

—Yo no tengo que justificar mi comportamiento. ¿Por qué lo haces tú?

—Porque sigo huyendo de mi pasado —contestó Deacon.

A continuación, maldijo, se acercó a la barra, se sirvió dos dedos de whisky y se lo tomó de un trago.

—¿Qué quieres de mí? —le preguntó a su esposa.

—No estoy segura. Yo creía que nos habíamos casado porque los dos nos queríamos y ahora resulta que me entero de que habías hecho una apuesta y me dices que el amor no existe.

—¿Vamos a volver a hablar de la apuesta?

—Por supuesto que sí.

Deacon sacudió la cabeza.

—Maldita sea. No se me da bien hablar y lo sabes.

—No se te da bien hablar porque no te interesa hablar.

—¿Qué me quieres decir con eso?

—No lo sé. No sé lo que estoy diciendo —contestó Kylie acercándose a la mesa de billar y apoyándose en ella.

¿Y si diera igual que la quisiera o no? Al fin y al cabo, podría ser feliz allí. No. Hacía mucho tiempo que se había prometido a sí misma que no volvería a ser el segundo plato de nadie.

—Me tengo que ocupar de mis negocios —dijo Deacon—. Ya hablaremos de esto más tarde —añadió abriendo la puerta y marchándose.

Kylie se quedó mirándolo y se dio cuenta de que no tenía más opción que marcharse también, porque necesitaba estar sola para poder pensar en lo que había hecho y para decidir qué sentía por aquel hombre con el que se había casado.

Capítulo Doce

Cuando llegó a su despacho, Deacon se arrepintió de haber dejado sola a Kylie, pero no tenía las palabras para hacer que se quedara.

Lo cierto era que las tenía, pero no las utilizaría jamás.

Se las había oído decir demasiadas veces a su madre y siempre se había equivocado. Había visto fracasar el matrimonio de Mac porque Cecelia se había enamorado de otro hombre.

Se había prometido a sí mismo que jamás pronunciaría aquellas palabras y no estaba dispuesto a romper su promesa, ni siquiera por Kylie.

Tenía una reunión con los proveedores y ya llegaba tarde.

Fue una reunión muy larga y Deacon no podía dejar de pensar en Kylie. Tendría que haberse quedado con ella y haber seguido hablando hasta haber alcanzado un compromiso que los satisficiera a ambos.

—Perdónenme —dijo de repente poniéndose en pie y saliendo de la sala de reuniones.

Cuando entró en el ático, se dio cuenta de que era demasiado tarde, de que había esperado demasiado.

Estaba vacío, las maletas de Kylie habían desaparecido y había una nota sobre la mesa de billar.

Deacon se acercó a grandes zancadas y la leyó.

Necesito tiempo para pensar en nuestro matrimonio. Me pondré en contacto contigo cuando haya tomado una decisión. Siempre he creído que el amor es un regalo y espero que utilices este tiempo que vamos a estar separados para sopesar el regalo que yo te he hecho. Como me dijiste una vez, el destino necesita tiempo.
Kylie

Deacon arrugó el papel y lo lanzó al suelo.

A continuación, se dirigió a la sala de seguridad para encontrar a su esposa, pero no lo consiguió.

Llamó a su secretaria y le indicó que llamara a todos los hoteles de la zona para ver si Kylie estaba en alguno de ellos.

Lo último que se le ocurrió fue llamar a su casa de Glendale, pero el número había cambiado y ahora pertenecía a otra persona.

Maldición.

¿Cómo era posible que todo se hubiera ido al garete de repente? Cuando oyó que la puerta se abría a sus espaldas, se giró esperanzado, pero era Angelo Mandetti.

–¿Qué ocurre, Mandetti? –preguntó Deacon con desesperación.

Lo cierto era que no le hacía ninguna gracia que su esposa estuviera sola en una ciudad como Las Vegas y quería encontrarla cuanto antes.

–Quería asegurarme de que Kylie está bien.

–¿Por qué no iba a estarlo?

–Estaba muy afectada por la conversación que oyó entre vosotros.

–Maldita sea.

–¿Quieres hablar de ello?

Deacon maldijo en voz alta.

–¿Te parezco de esos hombres que hablan de sus problemas?

Aquello hizo reír a Mandetti.

–No, los hombres como nosotros no hablamos.

–Exactamente.

Deacon pensó que tal vez, aquél era precisamente el problema. No le gustaba hablar de sus sentimientos.

Su madre nunca se había quejado, pero Deacon había crecido viendo a un sinfín de hombres que le prometían amor, pero lo único que hacían era utilizarla y abandonarla.

Aquello le había dejado un sabor agridulce en la boca.

–¿Qué hacemos, Mandetti?

–Nos comportamos como niños pequeños y terminamos solos.

–Me he casado con ella. ¿No es suficiente?

Aquella pregunta lo martirizaba. Él había creído que todo había salido perfecto. Le había pedido que se casara con él de rodillas y ante la cascada dorada, había hecho ir a sus padres desde Europa en su avión privado para que acudieran a la boda, le había dado todo lo que Kylie podía pedir y lo había hecho sin que se lo pidiera siquiera.

–Lo cierto es que las mujeres se toman el compromiso de manera diferente a nosotros.

Deacon echó la cabeza hacia atrás y se frotó los ojos. Mandetti no tenía ni idea de lo que decía. Amor. Kylie quería amor y lo tenía porque la verdad era que él la amaba profundamente, pero no se lo iba a decir, no iba a pronunciar aquellas palabras.

No quería que supiera cuánto la amaba, cuánto la había echado de menos y lo vacío que se sentía ahora que se había ido.

–No sé dónde está.

–¿Qué quieres decir?

–Que se ha ido.

–¿Y qué vas a hacer?

Deacon decidió que no iba a dejar que aquello lo afectara. Había conseguido ser un brillante hombre de negocios ocultando siempre sus sentimientos y no iba a cambiar ahora.

–Esperar a que vuelva.

–¿Qué ha ocurrido? ¿Ha sido por la apuesta?

–No, ha sido porque quiere que le dé una cosa que no le puedo dar.

–¿Qué?

Deacon no estaba muy seguro de que Mandetti fuera el mejor confidente.

–Nada.

–Me estás preocupando.

–No pasa nada –le aseguró Deacon–. Por cierto, me recuerdas a un hombre que conocí hace mucho tiempo.

–¿Ah, sí?

–Era un hombre que salía con mi madre, era buena persona y me enseñó muchas cosas sobre la supervivencia.

–Veo que sus consejos te han ido bien.

–Quería un matrimonio perfecto... eso es lo que Kylie no entiende.

–¿Y qué es un matrimonio perfecto?

Deacon no quería decirlo en voz alta porque sabía que era de tontos.

Debería estar buscándola, pero no quería que supiera que tenía tanta influencia sobre él. Prefería esperar a que volviera ella por propia voluntad, pero, cuando lo hiciera, se iba a asegurar de que jamás se volviera a ir.

–¿No la vas a ir a buscar?

–No. Ha dicho que volvería y volverá.

–¿Y si no lo hace?

Deacon se rió con amargura.

–Entonces, tendré razón.

–Yo creo que deberías ir a buscarla.

–¿Por qué?

–Mi misión es que lo hagas.

–¿Tu misión? ¿Desde cuándo la comisión

del juego se preocupa por la vida personal de los propietarios de casinos?

—Esto te va a parecer una locura, pero me han enviado desde el Cielo para asegurarme de que Kylie y tú termináis juntos.

—Claro. ¿Has estado tomando el sol, Mandetti?

—Ya sé que parece una locura, pero es la verdad.

—Sí, sí. Siéntate y ahora te traigo un vaso de agua —dijo Deacon indicándole que se sentara en una butaca de cuero.

Tal vez, le estuviera dando un infarto. Deacon se sacó el teléfono móvil del bolsillo para llamar a su secretaria y pedirle que llamara a una ambulancia, pero Mandetti lo agarró del brazo y se lo impidió.

—A ver si esto te convence.

Volaron por el aire y aterrizaron frente a la mansión que planeaba construirle a Kylie. La casa era perfecta y frente a ella había un Mercedes y su Jaguar.

—¿Dónde estamos?

—En tu casa dentro de cinco años —contestó Mandetti.

—Debo de estar soñando.

—¿Y crees que yo estaría en tu sueño?

—¿Por qué no? Me parece más probable que estés en mi sueño a que seas un enviado del cielo.

145

—Cree lo que quieras, pero entra conmigo y mira la vida que te espera.

Deacon siguió a Mandetti y entraron en el vestíbulo de la casa, donde una doncella estaba limpiando el polvo ante una inmensa escalera de mármol.

Kylie estaba en el salón sentada en un sofá. Llevaba el pelo corto y alborotado, como la modelo de Ralph Lauren con la que Deacon tantas veces había soñado.

Iba muy bien vestida y estaba hablando con la señora Beauchamps, de la Historical Society del estado de Nevada.

—Esto es perfecto —comentó Deacon.

Era obvio que Kylie iba a volver y que las cosas entre ellos iban a ir muy bien, mejor incluso de lo que él había imaginado.

La señora Beauchamps se fue y Deacon se vio a sí mismo entrando en el salón. Kylie no sonrió al verlo y Deacon se dio cuenta de lo superficial que era su relación.

Se acercó a ella para mirarla a los ojos y se dio cuenta de que estaban vacíos. Se miró a sí mismo y se dio cuenta de que él también llevaba una máscara.

—¿Qué tal? —le preguntó Kylie poniéndose en pie.

Deacon se acercó a ella con la intención de besarla en la boca, pero Kylie ladeó la cara y le puso la mejilla.

¿Qué tipo de espantoso matrimonio era aquel?

—Bien —contestó el Deacon del futuro—. ¿Y tú?

–Bien. ¿Quieres que cenemos?

Deacon se sirvió una copa y asintió.

–Se lo voy a decir a Josephine –dijo Kylie saliendo del salón.

El Deacon del futuro la observó marcharse y sintió... nostalgia. Sí, nostalgia de lo que no podía tener. Deacon se dio cuenta de que su perfecta vida no era perfecta sino, más bien, fría y solitaria.

–¿Qué es esto? –le preguntó a Mandetti.

Aquello no encajaba con la imagen mental que él tenía de su matrimonio y, sinceramente, no creía que aquello fuera lo que Kylie quería.

–Querías un matrimonio sin amor y Kylie te lo dio. Ninguno de los dos será feliz, pero proyectaréis la imagen de una pareja perfecta.

–No, no. No es eso lo que yo quiero.

–Entonces, debes cambiarlo. Debes pedirle a Kylie que vuelva.

¿Podría hacerlo? Debía hacerlo. De hecho, llevaba pensándolo desde el mismo instante en el que había dejado a Kylie sola en el ático.

En la vida había cosas por las que merecía la pena luchar y, desde luego, Kylie era una de ellas.

–Tienes razón. Tengo que encontrarla y hablar con ella.

Iba a tener que confesarle lo que sentía por ella y cruzar los dedos para que fuera cierto que Kylie lo quería.

Iba a tener que arriesgarse.

Al fin y al cabo, su vida era un riesgo y la

buena suerte jamás lo había abandonado, así que estaba dispuesto a seguir adelante.

Mandetti lo agarró del brazo y volvieron a la sala de seguridad.

–Me tienes que ayudar a encontrarla –le pidió Deacon.

Mandetti cerró los ojos y un segundo después sonó su busca.

–Está en una cabaña en el lago Mead –declaró.

Deacon anotó la dirección y se fue. No llamó a su secretaria ni le dijo a nadie dónde iba. Simplemente, se montó en su coche y salió de Las Vegas como si lo persiguiera el diablo.

Se dio cuenta de que Kylie era su vida y de que la vida sin su amor no tenía sentido. La necesitaba a su lado y no porque fuera la imagen de lo que él consideraba un matrimonio perfecto sino porque verdaderamente era su media naranja.

Kylie era la delicadeza de la que él siempre había carecido, los sueños de los que se había olvidado y el amor que siempre había anhelado, pero que nunca había querido admitir desear.

Llegó al lago Mead en tiempo récord.

Kylie había alquilado una cabaña que estaba bastante alejada de las demás del complejo. Al llegar, Deacon apagó el motor del coche y rezó para encontrar las palabras adecuadas.

No era un hombre romántico. De hecho, la propuesta de matrimonio y la boda habían salido de una revista y sabía que ahora había llegado el momento de hablar con el corazón.

Aquello le daba un miedo terrible.

«Hay que vencer al miedo o el miedo te vencerá», pensó.

Aquello lo había mantenido vivo en las calles cuando tenía catorce años y le tenía que servir ahora.

No estaba dispuesto a dejar marchar a su esposa.

Abrió la puerta y pensó que debería haberle comprado otro collar, pero había ido sin ningún regalo.

Tal vez, él era el regalo. Tal vez, debería tomarla entre sus brazos y hacerle el amor, sin hablar. Hablar sólo les había llevado a la situación en la que se encontraban en aquellos momentos.

Tragó saliva nervioso y se puso bien la chaqueta y la corbata y entonces se dio cuenta de que no se iba a enfrentar a un enemigo sino a su esposa. Su esposa. Las palabras resonaron en su cabeza mientras se acercaba a la puerta de la cabaña.

Llamó y oyó pasos dentro.

Kylie abrió la puerta y ahogó una exclamación de sorpresa al verlo.

—¿Cómo me has encontrado?

—El ángel que vela por nuestra relación me ayudó.

–Deacon, ¿estás enfermo?

–Sí, estoy enfermo.

–Pasa. Voy a buscar un vaso de agua.

–No necesito un vaso de agua.

–Entonces, ¿qué necesitas?

–Te necesito a ti –contestó tomándola entre sus brazos.

A continuación, la besó como había querido hacer desde hacía muchos días.

Kylie estaba realmente sorprendida de que Deacon hubiera aparecido allí. Había supuesto que pasaría, por lo menos, un día entero hasta que la encontrara y eso, claro, si la buscaba, algo de lo que no estaba muy segura.

La pequeña cabaña del lago le había parecido un buen lugar para pensar, para decidir si quería volverse a divorciar o tener un matrimonio sin amor.

La aparición de su marido le hacía enfrentarse a preguntas cuya respuesta temía.

Se había ido porque lo que realidad quería hacer era quedarse con él, porque en el fondo de su corazón sabía que, si no se iba, aceptaría lo que Deacon le ofreciera a pesar de que eso significara cambiar.

Deacon era el hombre con el que ella siempre había soñado casarse y la vida sin él le parecía fría y solitaria.

Ya no sabía qué esperar de él. En el taxi que la había llevado hasta allí, se había dado cuenta de que no se había tomado suficiente tiempo para conocerlo.

Su corazón le decía que lo conocía de sobra, pero su cerebro no estaba tan convencido y temía volver a sufrir.

Sin embargo, en sus brazos se sentía en la gloria. Cerró los ojos un segundo y aspiró con fuerza.

Estaba perdida.

Deacon la miró a los ojos con una intensidad que Kylie nunca había visto en ellos y con un sentimiento que le daba miedo nombrar.

Algo había cambiado en él en el poco tiempo que habían estado separados.

—No pienso irme de aquí sin ti —anunció Deacon.

Kylie sintió que se le aceleraba el corazón. ¿Para qué habría ido? Aquella vez debería asegurarse de que su marido quería lo mismo que ella porque se merecía algo más que un marido que no la quisiera.

—Te dije que iba a volver.

—Pero no he podido esperar, ángel —repuso Deacon tomándole el rostro entre las manos y acariciándole las mejillas.

Kylie se sentía frágil y vulnerable, pero también esperanzada porque Deacon había ido a buscarla, algo que ningún otro hombre había hecho jamás.

—Me cuesta pensar con claridad cuando te tengo tan cerca —le dijo.

–Bien, pues entonces no pienses –contestó Deacon–. Sólo siente –añadió besándola.

Kylie abrió la boca y le invitó a entrar con la punta de la lengua. Deacon se adentró en ella y Kylie se dio cuenta de que estaba intentando decirle algo con aquel beso, pero no supo exactamente qué.

Deacon la miró a los ojos y Kylie sintió su erección. Entonces, se preguntó si debería llevárselo a la cama y unirse a él por vínculos de la carne.

No. La compatibilidad sexual entre ellos era perfecta, ése nunca había sido el problema. El problema era que ella quería un compromiso emocional porque no estaba dispuesta a abandonar sus sueños de un matrimonio con amor.

Kylie se apartó de él y entró en la cabaña. Deacon maldijo en voz baja y la siguió. Al llegar al salón, Kylie se sentó en un sofá que daba al lago y Deacon se paseó antes de sentarse a sus pies.

–Creo que tenemos que hablar.

Parecía tenerlo todo bajo control y aquello asustó a Kylie porque no veía por dónde iba a poder colarse en aquella armadura para convencerlo de que el amor existía.

–Si no te apetece hacerlo, márchate.

–No me pienso ir sin ti.

–Te advierto, Deacon, que no estoy dispuesta a volver en las condiciones que me has ofrecido antes.

Deacon le puso las manos en las caderas y la atrajo hacia sí.

—A mí me gustaba lo que teníamos.

—Sí, pero yo necesito saberme algo más que un trofeo sexual.

Deacon le acarició los muslos haciendo que se estremeciera.

—Ángel, siempre has sido algo más para mí, pero era más seguro no decírtelo.

—¿Por qué? —quiso saber Kylie agarrándole las muñecas.

—Porque así yo no sufría emocionalmente —confesó Deacon besándole las manos.

—¿De verdad?

—Kylie, lo tengo muy claro. Te quiero, eres mi esposa y quiero volver a Las Vegas y vivir contigo.

Kylie sintió que la sangre le latía en las sienes y que el corazón se le aceleraba porque jamás hubiera imaginado que Deacon iba a intentar convencerla de que volviera con él diciéndole que la quería.

—¿Me quieres?

—Sí —contestó Deacon sinceramente—. Por favor, vuelve conmigo. Mi vida sin ti no es nada.

—Oh, Deacon.

—¿Eso es un sí?

—Sí. Sabes que yo también te quiero, ¿verdad?

—Estoy dispuesto a apostarme el cuello.

Aquello hizo reír a Kylie y Deacon la tomó

en brazos y la llevó al pequeño dormitorio, donde la desnudó antes de desnudarse él. A continuación, la tumbó sobre la cama y le hizo el amor.

Después, la abrazó con fuerza y le contó todos sus sueños. Quiso saber también todos los sueños de su esposa y le prometió que los harían realidad, pero para Kylie lo más importante era tener su amor.

Epílogo

–¿De celebración, Mandetti?

Estaba jugando a la ruleta en el Golden Dream y acababa de estar con Deacon y con Kylie, que estaban definitivamente enamorados y felices.

–Hola, muñeca. ¿Has visto lo bien que se me dan estas cosas ya?

Didi me miró de soslayo.

–No te confíes.

–Soy el rey de corazones, no lo olvides.

–Pasquale, no te creas tu propia publicidad.

–¿Por qué no?

–Porque hay que ser más humilde.

Aquello me hizo echar la cabeza hacia atrás y reírme. No se lo había dicho ni a ella ni a nadie, pero aquello me gustaba

Aquel trabajo me hacía sentirme bien porque Deacon me había hecho pensar en el hombre que podría haber sido si hubiera hecho las cosas de otra manera.

Durante mi vida en la Tierra, jamás me di cuenta de que había opciones ni de que el éxito no tenía por qué llevar siempre aparejada la palabra «capo».

—¿A qué número has apostado, Pasquale?

—Al siete.

—Yo apuesto al once.

La ruleta comenzó a girar y la bola se paró en el siete un segundo, pero saltó al once rojo de repente.

—Tramposa.

—Soy un ángel. No me hace falta hacer trampas —contestó Didi desapareciendo.

Entonces, pensé que debía de estar ablandándome con aquel nuevo trabajo porque, durante unos instantes, la eché de menos.

DESEO

KATHERINE GARBERA

AMANTE OCASIONAL

Prólogo

—Pasquale, lo has hecho muy bien —dijo Didi cuando me materialicé ante su mesa.

—Muñeca, llámame Ray —le contesté yo.

Cuando estaba en el mundo de los vivos, no había dejado que nadie me llamara por mi nombre de pila, pero Didi era diferente.

No me gustaba aquello de no poder controlar lo de aparecer y desaparecer de repente, pero ir al infierno, que era la alternativa, era mucho peor.

En mi vida en la Tierra fui un capo de la mafia, pero uno de mis hombres de confianza me traicionó y me mató.

Justo antes de morir, recé para ir al Cielo y por eso estoy ahora ante Didi, que es un serafín de Dios, una especie de ángel con mucho poder.

Con ella hice un pacto: unir en el amor a tantas parejas como enemigos asesiné por odio, así que podría estar haciendo esto bastante tiempo.

Hay días en los que no está tan mal, pero lo malo es que Didi me pone de los nervios. Además, no es de fiar. Valga como ejemplo que una vez me hizo un cumplido y, acto seguido, me mandó a la Tierra convertido en mujer.

–Por algo me llamaban «Il Re» –le dije muy seguro de mí mismo.

Sí, el rey. Al fin y al cabo, ya había conseguido unir a tres parejas, así que había decidido llamarme el rey de corazones.

–¿Ah, sí? ¿Y por qué era?

–Sabes perfectamente que es porque hago bien todo lo que me propongo, muñeca.

–¿No te he dicho mil veces que no me llames muñeca?

–¿Te lo he vuelto a llamar? Madre mía, perdona, Didi. Ya sé que no te gusta –contesté muy satisfecho de haberla molestado–. ¿Qué tengo que hacer ahora?

En ese momento, apareció un montón de sobres de colores sobre su mesa, junto a los bombones.

–Elige uno –me dijo.

Hasta aquel momento, había elegido un sobre de arriba y dos de en medio, así que elegí uno de abajo, que era de color azul, y Didi me lo arrebató.

–¿Dónde tengo que ir esta vez? –quise saber.

Didi me entregó la hoja de papel. Tenía que ir a una isla del Caribe. Qué maravilla. Además, la pareja que me había tocado esta vez, Adam Powell y Jayne Montrose, ya trabajaban juntos.

–Esto va a ser pan comido.

–No te creas que vas a tener tiempo de ir a la playa, Pasquale. Esta misión no va a ser fácil. Esta misión es diferente.

¿Y cuál lo había sido? Aquello de hacer de celestina era realmente difícil.

–¿A qué te refieres?

Cuando la vi sonreír, sentí que me daba un vuelco el estómago. No confiaba en ella en absoluto cuando la veía tan contenta.

–Esta vez, voy contigo –me dijo.

–¿Es un castigo?

–No, muñeco, es un premio.

Antes de que me diera tiempo a contestar, había desaparecido.

Una cosa era tener que hacer de casamentero y otra muy diferente tener que compartir la misión con un ángel tiquismiquis y marimandón.

Madre mía, aquello iba a ser un infierno.

Capítulo Uno

Adam Powell maldijo y tiró el teléfono móvil al asiento de cuero que había al lado del suyo.

Su avión estaba listo para despegar, sus invitados estaban a punto de llegar e Isabella había elegido aquel preciso momento para decirle que daba por finalizada su relación porque no le daba lo que ella necesitaba.

Lo cierto era que no podía darle nada más. Si los diamantes, los abrigos de piel y un Jaguar nuevo no eran suficiente, tendría que irse a buscar lo demás a otro sitio.

La verdad era que, normalmente, no tener pareja no le importaba. Era un hombre hecho y derecho y podía vivir sin sexo, pero las dos siguientes semanas eran importantes para su empresa.

Llevaba cinco años intentando comprar La Perla Negra Resort y no lo había conseguido.

El propietario, Ray Angelini, se había negado siempre a vender el complejo hotelero, pero la semana pasada lo había llamado para invitarlo a pasar unos días en él y aprovechar para hablar de la posible venta.

Por supuesto, Adam había aceptado la invitación encantado.

Angelini le había dicho que se llevara a su esposa, lo que había dado lugar a una conversación un tanto extraña.

Angelini quería que una pareja felizmente casada se hiciera cargo del complejo, exactamente igual que su mujer y él habían hecho durante los últimos veinte años.

Adam siempre había estado dispuesto a hacer lo que fuera para cerrar un trato, pero fingir que estaba casado le había parecido demasiado, así que le había dicho que iría con la mujer con la que vivía.

Angelini le había advertido que, si no se convencía de que era un hombre que entendía el amor y las relaciones, no le vendería el complejo.

—Entiendo que las dos son cosas del pasado —murmuró.

Acto seguido, se puso en pie y salió del avión.

Iba a tener que inventarse algo para excusar a Isabella y ver si Jayne Montrose, su ayudante personal, podía encontrar a otra mujer que estuviera dispuesta a ir con él al Caribe.

¡Qué calor hacía! Desde luego, Nueva Orleans en verano no era el mejor sitio para estar. La humedad lo hacía transpirar y no le llegaba el aire a los pulmones con normalidad.

Aquello le recordaba los tiempos en los que había trabajado en los pantanos con la vieja piragua de su tío haciendo de guía para que los turistas vieran caimanes.

Su situación había mejorado mucho desde

entonces y pretendía que siguiera haciéndolo y ninguna mujer se lo iba a impedir.

—Uy, uy, uy, por aquí huele a enfado —bromeó Jayne al verlo.

Había contratado a aquella mujer porque era inteligente y rápida. Gracias a ella, la oficina funcionaba de maravilla y, además, lo hacía reír.

—No te burles de mí, Jayne —le advirtió—. Isabella no viene y nos están esperando.

—Lo siento, pero ya te dije que no contaras con ella —contestó su ayudante sacando unos documentos de su bolso—. Necesito que me firmes esto antes de irme de vacaciones.

—No te puedes ir de vacaciones hasta que no haya encontrado a otra mujer que quiera venirse conmigo al Caribe.

—A ver, jefe, ya hemos hablado de esto. Ya te dije una vez que no es parte de mi trabajo buscarte mujeres —le recordó entregándole una pluma Mont Blanc.

Jayne no era una mujer especialmente alta, pero tenía el porte de una amazona. Había hombres muy poderosos de la industria hotelera que se doblegaban ante ella cuando negociaba con ellos.

Contratarla había sido una idea genial y lo cierto era que a Adam le daba miedo que algún día se cansara de trabajar para él y se fuera.

—Sólo te he pedido una vez que me consiguieras un número de teléfono —le recordó.

Aquello había sido un gran error y Jayne había estado a punto de dejar el trabajo. Menos mal que había conseguido convencerla para que no lo hiciera.

Jayne era una persona con una integridad muy fuerte, que estaba dispuesta a hacer lo que fuera por su jefe siempre y cuando no comprometiera sus principios morales.

—La primera y la última —le espetó su ayudante.

Jayne era la mejor ayudante que había tenido jamás y llevaba trabajando para él más que todas sus predecesoras... casi ocho meses.

Adam se quedó mirándola y le firmó los documentos.

Tenía el pelo castaño y lo llevaba corto, con dos mechones detrás de las orejas. Tenía los ojos azules y en ellos se reflejaba su inteligencia y su sentido del humor.

Su boca era ciertamente demasiado grande para su rostro y, en lugar de tener los labios delgados, tenía unos labios exuberantes que hacían que los hombres quisieran besarla.

Dado que Adam era partidario de una política de tolerancia cero en lo concerniente a la confraternización en el trabajo, intentaba evitar mirarle la boca, pero no siempre lo conseguía.

—¿Por qué me miras? —le preguntó Jayne.

—No te estoy mirando —contestó Adam firmando el último documento.

Iba a tener que cancelar el viaje.

Había otros complejos hoteleros en el Caribe, pero ninguno tan elegante como La Perla Negra.

Bueno, ya encontraría otro…

—Mira, Jayne, voy a cancelar tus vacaciones porque, sin Isabella, Angelini no va a querer ni hablar conmigo.

Jayne lo miró con los ojos entornados.

—Desde que empecé a trabajar para ti, no me he tomado más que un día libre.

—Podrás tomarte unos cuantos dentro de un par de semanas, pero ahora te necesito aquí para ayudarme. Te prometo que te merecerá la pena.

—¿Ah, sí?

—Pon un precio —contestó Adam.

Desde muy pequeño, se había dado cuenta de que todas las personas tenían un precio, sobre todo a la hora de hacer cosas que no les apetecía hacer.

Jayne puso los ojos en blanco.

—Será mejor que terminemos cuanto antes con este asunto. Saca tu agendita negra y llama a otra de tus amigas.

—No tengo ninguna agenda negra. Eso es un tópico y, además, a las mujeres no les gusta.

—Pero la habrás tenido alguna vez en tu vida, ¿no?

—No —contestó Adam sinceramente.

Nunca había necesitado una agenda porque siempre se le había dado bien recordar los números de teléfono.

Jayne tenía razón. Podía hacer unas cuantas llamadas y arreglar el asunto, pero no quería hacerlo.

Estaba harto de todo aquello.

¡Y él que creía que con Isabella sería diferente, que ella sería capaz de llenar el vacío que siempre había sentido en su interior!

Ninguna de las mujeres que conocía le valía para aquel viaje al Caribe. Angelini era un hombre al que había que tratar con mucho cuidado y Adam no quería arriesgarse.

Necesitaba a alguien que entendiera lo que estaba en juego.

La solución perfecta era que Jayne fuera con él.

–Jayne...

–¿Sí?

–¿Quieres venirte conmigo y ser mi novia?

Jayne se sonrojó y se quedó mirándolo con la boca abierta.

–No –contestó.

–¿Por qué no?

Aparte del incidente con el número de teléfono, aquélla era la primera vez que Jayne se negaba a algo.

–No puedo ser tu novia porque... ¿qué pasa con la política de confraternización de Powell International?

–No serías mi novia de verdad, sólo lo fingiríamos, así que no vamos a confraternizar de verdad. Sólo sería una cuestión de trabajo.

–No saldría bien. No me gusta fingir ser algo que no soy. Además, tengo que volver a la oficina para dejar estos documentos antes de ir al aeropuerto. En cualquier caso, tengo un billete para Little Rock que no puedo anular porque no me devolverían el dinero.

–Yo te lo pago y te prometo que te regalo un billete en primera clase para que vayas a Little Rock una semana entera en cuanto volvamos.

–No sé... –dudó Jayne mordiéndose el labio inferior y poniéndose unas gafas de sol que sacó del bolso–. No, Adam, lo siento, pero no puedo posponer mi viaje a Arkansas.

–Jayne, eres mi última esperanza –le rogó Adam–. Llevo cinco años esperando este momento.

Dos horas después, Jayne se dijo que era mejor no analizar las razones por las que estaba al lado de Adam en su avión con destino al Caribe.

Le había dicho que ya hablarían de los detalles cuando llegaran, lo que no le había gustado porque a ella le gustaba tenerlo todo bien planeado, le gustaba saber exactamente lo que iba a hacer antes de hacerlo porque, así, no había sorpresas y podía controlarlo todo.

Su intención había sido decirle a Adam que no, pero al final no había podido, así que allí estaba, comiendo caviar, que lo odiaba, y bebiendo Moët con los Angelini.

Era la tercera vez que estaba en el avión de empresa de Adam, pero siempre había sido para asegurarse de que todo estaba bien. De hecho, la segunda vez que había montado en aquel avión había sido aquella misma tarde para llevar el equipaje de Isabella a la habitación que había al fondo.

Los Angelini eran una pareja muy extraña.

Didi era una mujer delgada que llevaba un vestido suelto de un color que no le sentaba nada bien. Ray era bajito, más bien gordito y se estaba quedando calvo, pero tenía una sonrisa encantadora que hizo que Jayne se sintiera inmediatamente a sus anchas.

Además, les habían dicho a Adam y a ella que los llamaran por sus nombres de pila y los tutearan.

Habían volado a Nueva Orleans y Jayne los había llevado a conocer la ciudad. Se había llevado a Didi de compras mientras Adam intentaba convencer a Ray de las ventajas de hacer negocios con su empresa.

Jayne tenía la desagradable sospecha de haber cometido el peor error de su vida al acceder a ir con Adam, porque se había enamorado de él nada más verlo.

No había sido su belleza cajún lo que le había llamado la atención, aunque tenía un pelo negro y rizado que era para volverse loca.

Tampoco había sido su dinero porque Jayne procedía de un mundo en el que el dinero era lo único que se suponía que daba la felicidad.

Tampoco había sido su inteligencia porque ella se había graduado cum laude en la carrera de Empresariales en Harvard y tenía amigos que eran auténticos genios.

No, lo que le había gustado de Adam Powell había sido que se distanciaba de todo el mundo.

Jayne había sabido darse cuenta de que eran almas gemelas, pero había decidido no hacer nada, simplemente soñar con su jefe y trabajar para él.

Sin embargo, aquel viaje lo cambiaba todo. Tendría que haber dicho que no y, de hecho, habría dicho que no si se lo hubiera pedido cualquier otro hombre que no hubiera sido Adam.

En aquel momento, estaría rumbo a Arkansas, visitando otro estado, tal y como se había propuesto hacer porque quería visitarlos todos.

Los Angelini hablaban en voz baja y Adam le pasó el brazo por los hombros y la estrechó contra sí. Cuando le dio un beso en la cabeza, Jayne se quedó de piedra.

No iba a sobrevivir a aquellas dos semanas. Le temblaban tanto las manos que se le derramó un poco de champán al beber.

—Tranquila —le susurró Adam.

Jayne intentó relajarse, pero no podía, así que se incorporó y dejó la copa de champán sobre la mesa para limpiarse la boca.

Adam la miraba con aquellos ojos grises suyos y Jayne sintió que el deseo se apoderaba de su cuerpo. En sus ojos vio que a él le estaba pasando lo mismo.

¿Eso quería decir que sentía algo por ella? ¿Estaba dispuesta a arriesgar el corazón?

No estaba segura. Nunca le había gustado correr riesgos. Más bien todo lo contrario. Le gustaba ir despacio y moverse metódicamente hasta alcanzar sus objetivos.

Sin embargo, tenía casi treinta años y, aunque nunca le había parecido importante casarse, cada vez pensaba más en ello.

Había estado a punto de contraer matrimonio una vez, pero las cosas no habían salido bien. Tal vez, se arrepintiera de lo que sucediera con Adam, pero decidió que, mientras estuvieran juntos, iba a disfrutar de sus fantasías, iba a explorarlas y, tal vez, saliera bien parada.

Lo cierto era que siempre había conseguido todo lo que se había propuesto.

Una vez tomada aquella decisión, apoyó la cabeza en el hombro de Adam.

Lo cierto era que no sabía muy bien cómo tratarlo porque no se parecía a ninguno de los hombres con los que había salido.

Aquellas relaciones se habían basado en intereses comunes y en buen sexo, pero ninguna de ellas había sido tan intensa como estar al lado de aquel hombre.

La tenía abrazada de los hombros y Jayne cerró los ojos, como si estuviera descansando. Fue un gran error porque la presencia de Adam la invadió. Sentía sus dedos en el hombro y su aroma en el cerebro.

Abrió los ojos y se puso en pie.

Era imposible. Aquello no iba a salir bien. Era obvio que, si Adam y ella se embarcaban en una relación personal, acabaría tarde o temprano y se encontraría sin trabajo.

Adam la estaba mirando con una ceja levantada.

—Voy a...

—¿Cambiarte? —dijo él mirando a sus invitados—. Disculpadnos un momento, pero Jayne no ha tenido tiempo de cambiarse después de llegar de la oficina.

—Por supuesto —sonrió Ray.

Jayne se preguntó qué se iba a poner porque Isabella era más alta que ella y tenía mucho más pecho, así que su ropa no le iba a estar bien.

Adam la agarró de la cintura para guiarla hacia la parte trasera del avión. Una vez en su dormitorio, la soltó y se pasó una mano por el pelo.

—Madre mía, en el lío en el que nos hemos metido. No creo que se hayan creído que somos pareja.

—Pues no creo que nos vaya a ayudar mucho que me vean con la ropa de Isabella.

—No te preocupes por eso. Mientras tú ibas a la oficina a dejar los documentos, he hecho que te compraran algunas cosas.

Jayne miró la cama y vio que estaba completamente cubierta de cajas y bolsas. Aquello la emocionó. Aunque sabía que era lo mismo que hacía con cualquiera de las mujeres con las que salía, pero ningún hombre le había comprado ropa nunca.

—Utiliza las maletas de Isabella para meter la ropa. Te dejo para que puedas cambiarte.

–Adam.

–Dime.

–Voy a hacer todo lo que esté en mi mano para que esto salga bien.

–Lo sé, *chérie*.

–¿*Chérie*? –repitió Jayne con el corazón latiéndole aceleradamente.

–Es una palabra cariñosa.

–Ya lo sé, pero, ¿por qué me llamas así?

–Porque se supone que nos queremos.

Aquel «se supone» la molestó, pero Jayne se recordó que todo aquello era una gran farsa.

–¿Te puedo llamar yo querido semental?

–Si quieres que te dé con el látigo en el trasero…

–Eso ha sonado un poco erótico festivo, Adam.

Adam se acercó a ella, se inclinó y Jayne sintió su aliento cerca de la boca. En aquel momento, hubo una turbulencia y Jayne le puso las manos en los hombros para no perder el equilibrio.

Adam la agarró de la cintura con fuerza y, durante unos segundos, Jayne dejó que la frontera entre la ficción y la realidad se borrara y apoyó la mejilla en su pecho.

–¿Estás bien, *chérie*?

Jayne asintió.

Adam le tomó el rostro entre las manos y la miró a los ojos como si fuera capaz de leerle el pensamiento y de conocer todos sus secretos.

Jayne parpadeó varias veces y se dijo que debía concentrarse en el presente.

«Fantasía, todo esto es una gran fantasía», se recordó.

Se moría por tocarlo, por hundir los dedos en su pelo y por besarlo, tal y como había soñado con hacer desde el día en el que entró en su despacho por primera vez.

–No te he dado las gracias –le dijo Adam con voz ronca

Jayne tragó saliva y se mojó los labios. Al hacerlo, sintió que Adam se estremecía.

–¿Me las estás dando?

Adam asintió.

–De nada –le dijo ella.

Adam se inclinó todavía un poco más sobre ella. Oh, Dios mío, ¿la iba a besar? Jayne se puso de puntillas y lo oyó suspirar.

Sin embargo, Adam bajó las manos de repente y salió del dormitorio.

Jayne se dijo que el corazón le latía aceleradamente por toda aquella pantomima y no por la excitación sexual que le corría por las venas.

Capítulo Dos

Adam se apoyó contra la puerta.

Tras meses ignorando aquella boca hecha para que la besaran, había estado muy cerca de caer en la tentación.

En realidad, sabía que era sólo cuestión de tiempo porque había soñado con hacerlo desde que la había conocido.

Había estado a punto de besarla y, teniendo la cama tan cerca, no habría parado hasta encontrarse en el interior de su cuerpo.

Había tenido su boca demasiado cerca. Menos mal que, en el último momento, había recobrado la cordura y se había apartado de ella.

Jayne era su ayudante, la persona que se encargaba de todo por él, la secretaria gracias a la cual la oficina marchaba de maravilla y no iba a dejar que su cuerpo terminara con todo aquello.

Ya le había quedado claro en otras ocasiones que no pensaba con claridad cuando las hormonas se le revolucionaban.

La farsa que habían montado tenía que salir bien porque quería comprar aquel complejo hotelero y distraerse, ya que su vida se había convertido en un terrible caos.

Cuando llegó al salón, los Angelini estaban discutiendo, así que esperó a que Ray lo mirara como diciéndole «¡mujeres!»

¡Qué razón tenía!

—Ahora viene Jayne —les dijo sentándose e intentando no pensar en ella cambiándose de ropa.

—¿Por qué te interesa tanto La Perla Negra? —quiso saber Ray.

Las razones de Adam eran muy personales y no quería compartirlas con nadie y, menos, con el propietario del complejo.

Tenía previsto demoler todo el complejo y convertirlo en el destino turístico más comercial del mundo. Desde el punto de vista económico, su proyecto era maravilloso y, desde el personal, esperaba que terminara por fin con los demonios que lo habían perseguido durante tantos años.

Aquel lugar, La Perla Negra, era el sitio donde su padre se había enamorado de su secretaria, por la que había abandonado a Adam y a su madre.

—Quiero expandir nuestra presencia en el Caribe —contestó.

—A nosotros nos encantó el Rouge Mansion de París —lo alabó Ray.

—Me alegro. Fue el primer hotel que monté.

En aquel momento, se abrió la puerta tras ellos y, al girarse, Adam se quedó sin aliento. Le había pedido a Jean-Pierre que le mandara lo de siempre y no se había parado a pensar en el impacto que ello le iba a causar.

Se dijo que era única y exclusivamente porque estaba acostumbrado a ver a Jayne con trajes sueltos y sin tacones.

El vestido estampado de flores se ajustaba a su cuerpo con elegancia y el escote prometía unos pechos maravillosos.

Adam apretó los puños y se recordó que era su secretaria.

Jayne carraspeó y se cruzó de brazos. Al darse cuenta de lo vulnerable que resultaba en aquel momento, a Adam le entraron ganas de abrazarla y de prometerle que la protegería siempre.

Sin embargo, sólo los locos o los débiles hacían promesas a las mujeres y él no era ninguna de las dos cosas.

Jayne se sentó a su lado y se puso a hablar con los Angelini mientras Adam se daba cuenta de que no era capaz de identificar su perfume. No era Chanel ni ninguno a los que él estaba acostumbrado.

Adam cerró los ojos y se recordó que todo aquello era una farsa. Llevaba años fingiendo, así que aquello debería de resultarle fácil.

Didi estaba contando la leyenda de La Perla Negra, una leyenda de piratas, doncellas y tesoros.

Adam era incapaz de prestar atención.

Por primera vez en su vida, una mujer era más importante que un negocio. Por primera vez, Jayne no era su secretaria sino una mujer deseable.

Por primera vez, una mujer conseguía acelerarle el pulso más allá del plano físico porque se había dado cuenta de que Jayne utilizaba el mismo mecanismo que él para ocultarse de la vida real: el trabajo.

Adam sabía que el trabajo era muy importante para ella, así que decidió que entre ellos no podía haber nada serio porque ella no podría mantener su puesto si se acostara con él y él comprometería los baremos que él mismo había establecido para su empresa desde que su padre se había ido con su secretaria hacía años.

Se estaba distrayendo demasiado.

Menos mal que ya conocía la leyenda que Didi y Ray le estaban contando a Jayne, según la cual, Antonio Mantegna había robado un precioso y valiosísimo collar de perlas negras de una abadía franciscana y, de paso, había raptado a la mujer de la que estaba enamorado, María Boviar, la hija de un rico noble.

Según la misma leyenda, se habían ahogado, pero los Angelini estaban convencidos de que habían logrado llegar a la isla del Caribe en la que ellos tenían su hotel y que el collar estaba escondido en ella.

—Me ha encantado la historia comentó Jayne sinceramente—. ¿Hacéis itinerarios para los huéspedes para buscar el tesoro?

—No, pero hay un mapa en todas las habitaciones —contestó Ray.

—En realidad, lo verdaderamente importante no son las perlas —le dijo su mujer.

–¿Qué es lo verdaderamente importante? –quiso saber Jayne.

–Se dice que el tesoro es lo que cada persona desee más en la vida.

–Eso suena de maravilla, ¿verdad, cariñito? –dijo Jayne poniéndole a Adam la mano en el muslo.

Adam la miró a los ojos y vio que se estaba burlando de él. Menos mal que no lo había llamado querido semental.

Adam le retiró un mechón de pelo de la cara y Jayne se quedó sin aliento. Entonces, Adam se dio cuenta de que no era inmune a sus caricias y aquello hizo que se sintiera triunfal, a pesar de que sabía que hubiera sido mejor para ambos que sí lo fuera.

–De maravilla, *chérie* –le dijo–. Tendremos que buscar ese tesoro.

–¿Ves, muñeca? Ya te decía yo que habíamos encontrado a la pareja perfecta –sonrió Ray.

Adam también sonrió porque no parecía que fuera a haber ningún problema para cerrar aquella compraventa excepto el deseo que Jayne le inspiraba.

La Perla Negra estaba en mitad de la selva.

El edificio principal tenía un aire de misión californiana con tejados de teja española y catorce cabañas diseminadas alrededor.

La suite que ocupaban Adam y Jayne tenía un

precioso balcón que daba al mar. La pared opuesta era toda de cristal y daba a la selva.

Nada más llegar, Jayne se quitó las sandalias y miró a Adam, que se había quitado la chaqueta y la corbata.

A continuación, miró hacia la playa y pensó en ponerse cómoda e irse a pasear a la orilla del mar.

Era la primera vez que estaba en el Caribe y le estaba encantando.

Ya que estaba allí, tenía que disfrutar de su estancia. ¿Podría convencer a Adam para que hiciera lo mismo? ¿Dónde estaría el mapa del tesoro? Le apetecía un montón buscarlo.

Cuando el botones se hubo ido, el silencio que se hizo entre ellos estaba cargado de deseo.

Jayne miró a Adam y no se le ocurrió qué decir.

—Bueno, cariñito, ¿qué te parece?

—No me llames así.

—¿No te gusta?

—Te recuerdo que sigo siendo tu jefe.

—¿Y qué? ¿Me vas a despedir si te lo vuelvo a llamar?

—¿Dejarías de llamármelo si te dijera que sí?

—No.

Adam echó la cabeza hacia atrás y se rió.

A Jayne le encantaba hacerlo reír porque no se reía a menudo, ya que normalmente estaba demasiado concentrado en el trabajo.

—¿Qué hacemos?

—Quería dictarte unas cosas para mandarlas a

la oficina por fax –contestó Adam–. ¿Te has traído el ordenador?

Obviamente, nada de playa.

–No.

–Bueno, pues utiliza el mío. Se me han ocurrido unas cuantas ideas.

–Muy bien, jefe. Voy a organizarlo todo.

En un abrir y cerrar de ojos, Jayne había instalado el ordenador portátil, la impresora y el fax sobre la mesa y Adam había sacado del minibar unos aperitivos.

–Háblame de ti, Jayne.

–¿Qué quieres saber?

–Algo que pueda utilizar en la cena con los Angelini esta noche.

–¿Como qué?

–Algo que sólo tu amante sabría.

–¿Por qué no me pones un ejemplo?

Lo cierto era que sus amantes sabían muy poco de ella porque Jayne había aprendido muy pronto a ocultar sus verdaderos pensamientos y sentimientos.

Los hombres que habían estado con ella la solían recordar por su inteligencia y su sentido del humor.

–Por ejemplo, yo soy generoso –contestó Adam al cabo de unos minutos.

Jayne se dio cuenta de que no era la única que ponía barreras.

–Eso ya lo sé.

–¿Cómo lo sabes?

–Te recuerdo que soy la persona que se encarga de distribuir tu generosidad, soy la repartidora de tu generosidad.

–¿A qué te refieres?

–A que, normalmente, me encargo de tus compras.

Adam sonrió y Jayne tuvo que abrir un documento nuevo en el ordenador, titulado *Perla Negra*, para no quedarse mirándolo con cara de tonta.

–Te toca.

¿Algo que sólo sus amantes supieran? Lo cierto era que no quería que Adam supiera nada de ella que fuera íntimo o personal porque sólo manteniendo un muro entre ellos podría sobrevivir a aquellas semanas.

–Muy bien. Me gustan las actividades al aire libre –contestó por fin.

–¿Por qué?

–Porque me gusta sentir el viento en el pelo y el sol en la cara. Pasamos demasiado tiempo en edificios con aire acondicionado. A mí me gusta el calor de Nueva Orleans en verano porque la humedad se mete en la piel... no sé, me hace sentir como si de verdad formara parte de la ciudad.

–Para mí, el calor también es muy importante. Me recuerda a mi infancia.

–No me has hablado nunca de ella.

Lo cierto era que casi nadie sabía nada de Adam Powell, sólo que había empezado el negocio comprando un hotel ruinoso con el dinero que había reunido ganando carreras de coches en el sur del país, que había conseguido convertir aquel hotel en un lugar maravilloso y que, a partir de entonces, había logrado lanzar su empresa a nivel internacional.

–Lo cierto es que no me gusta pensar en el pasado –dijo Adam encogiéndose de hombros.

–¿Por qué te gusta el calor? –preguntó Jayne decidida a averiguar lo que a aquel hombre le gustaba para intentar que se enamorara de ella.

–Yo no he dicho que me guste.

Jayne se quedó pensativa. No, la verdad era que no lo había dicho.

–¿Por qué te resulta importante?

–Porque me recuerda la promesa que hice cuando tenía catorce años.

Jayne lo miró con una ceja levantada.

–Es un secreto, *chérie*.

–¿Siempre eres igual con las mujeres con las que sales?

–¿Te importa?

–No, pero has empezado tú. Si tengo que fingir que soy tu pareja, tengo que saber a qué atenerme.

–Tienes razón. Deberíamos hablar de los detalles de nuestro trato porque eres diferente a otras mujeres con las que he salido.

–¿Te refieres a que tengo menos pecho? –sugirió Jayne.

Adam sonrió.

–No, no me refería a eso.

Jayne se dio cuenta entonces de que la estaba mirando intensamente, como si la estuviera des-

27

nudando con la mirada y aquello hizo que se avergonzara porque ella nunca había querido ser como su madre, nunca había querido servirse de su cuerpo para abrirse puertas y hacerse la vida más fácil.

–¿Cómo te tratan tus novios? –quiso saber Adam.

–Me tratan como a una amiga y no como a un objeto.

–Yo nunca te he tratado como a un objeto.

–Toda la ropa que me has comprado es para una mujer objeto.

–Normalmente, siempre llevas ropa suelta. ¿Por qué?

–Estábamos hablando de ti, ¿no?

–Me gustan los cuerpos femeninos –dijo Adam encogiéndose de hombros.

–Pues a mí no me gusta el mío.

–Mujeres.

–¿Qué quieres decir con eso?

–Llevo meses volviéndome loco por la boca que tienes y a ti te preocupa que no te quede bien un vestido que te sienta de maravilla.

–¿Mi boca? –dijo Jayne confusa porque, para ella, su boca era normal y corriente.

–Sí, tienes una boca hecha para que la besen.

Jayne tragó saliva.

Adam se acercó a ella y Jayne cerró los ojos y se volvió a preguntar si la iba a besar. Aquella vez, fue ella la que se echó atrás recordándose que aquello era trabajo y sólo trabajo.

Además, Adam era más complicado de lo que

había imaginado y ella debía tomar una decisión. ¿Quería convertirse en su compañera de cama o prefería mantener su trabajo?

Después de aquello, Adam se concentró en el trabajo mientras Jayne, mentalmente, colocaba una gran interrogación junto a la palabra «peligro» y la cara de Adam.

Adam se felicitó a sí mismo por haber sido capaz de concentrarse en el trabajo.

Lo del avión había sido una equivocación y aquel instante en el que le había confesado a Jayne que su boca lo volvía loco había sido simplemente una locura.

Mientras mecanografiaba, Jayne se mordía el labio inferior y aquello no hacía sino acrecentar sus ganas de besarla.

Adam se dio cuenta de que no iba a parar hasta conseguirlo.

Jayne lo siguió al dormitorio y se paró en seco cuando vio la cama. Se trataba de una suntuosa cama de dos por dos cubierta por una colcha azul como sus ojos.

Las cortinas, que la brisa marina hacía ondular, también eran azules y había un ventilador en el techo que se movía lentamente.

Al instante, Adam sintió que la tensión que se había llevado desde Nueva Orleans comenzaba a disiparse.

Aquella habitación era especial, pedía a gritos que se la disfrutara, que las personas que la ocuparan olvidaran sus preocupaciones y se relajaran, que se entregaran al placer.

Adam miró a Jayne, que estaba a su lado, y pensó que él sabía exactamente cómo le gustaría entregarse al placer.

La tumbaría en el centro de aquella enorme cama y la desnudaría poco a poco. A continuación, daría buena cuenta de aquella boca que se moría por explorar.

–Me parece que vamos a tener que decidir cómo vamos a dormir, cariñito –dijo Jayne.

Adam se dio cuenta de que le tomaba el pelo cuando estaba nerviosa. Cuando se estaba acercando demasiado a la verdad, se volvía tímida, pero, cuando la asustaba, se ponía a la defensiva.

Había llegado el momento de dejar las cosas claras. Jayne era su secretaria y no debía olvidarlo.

–Yo dormiré en el sofá –contestó Adam.

Jayne salió al balcón y Adam la siguió. Se estaba formando una tormenta sobre el mar y la brisa fresca les dio en la cara.

Adam echó la cabeza hacia atrás y se imaginó que el mundo de verdad había desaparecido y que Jayne y él eran los dos únicos seres humanos sobre la faz de la Tierra.

Se quedó observándola. Jayne estaba mirando al horizonte, en busca de respuestas, exactamente igual que él.

En su decisión de que los negocios fueran lo primero, había cometido un gran error y sabía que se iba a arrepentir durante mucho tiempo.

No se había parado a pensar en Jayne fuera de la oficina, en aquel paraíso tropical. Aquella mujer lo atraía como Eva había atraído a Adán y sabía que, al igual que su tocayo, iba a caer en la tentación, pero él no quería perder su Edén.

Su Edén era el mundo que había construido cuidadosamente para sí mismo, el mundo que había aprendido a desvincular de cualquier tipo de sentimiento que le complicara la vida y de cualquier emoción que se pareciera al deseo y a la tentación.

Eso era exactamente lo que Jayne significaba.

A pesar de que había visto cómo a su madre se le rompía el corazón cuando su padre los abandonó, Adam nunca había sido capaz de controlar aquellos sentimientos. Ni siquiera cuando, a los veinte años, había confiado en la mujer equivocada, ni siquiera después de ver a un montón de compañeros y compañeras que engañaban a su cónyuge con alguien del trabajo.

A pesar de todo aquello, deseaba a Jayne.

Sus hormonas le decían que al diablo con las consecuencias, pero su cerebro sabía que tendría que pagar un precio y todavía tenía que decidir si el precio por pasar dos semanas con Jayne era demasiado alto.

—¿*Chérie*?

Jayne se giró hacia él y Adam vio algo en sus ojos que no comprendió. El viento le revolvió el pelo y un mechón se le pegó a los labios. Jayne lo apartó, pero el mechón volvió a las andadas.

—Vamos a tener que dormir juntos porque el servicio de habitaciones se daría cuenta —declaró Jayne.

Adam había pensado lo mismo, pero sabía que, si dormía con ella, no iba a poder pegar ojo, no iba a poder respirar, no iba a poder hacer nada más que tomarla entre sus brazos y besarla.

El mechón volvió a golpearle el rostro. Aquella vez, Adam le agarró la mano y le apartó el pelo. A continuación, le acarició el labio inferior.

—Yo...

Adam le puso el índice sobre los labios para que no hablara.

—He convertido esta situación en insoportable —declaró.

—¿Por qué insoportable? —preguntó Jayne echando la cabeza hacia atrás.

Adam se acercó a ella, desesperado por besarla.

—Te deseo, Jayne.

Jayne lo miró con las pupilas dilatadas y la respiración entrecortada, lo miró con una intensidad que hizo que Adam deseara cumplir con los requisitos de aquella mujer, pero no sabía cuáles eran.

Dudaba que fuera capaz de estar a la altura, pues todas las mujeres con las que había estado, mujeres a las que no les había faltado nada material, habían acabado por albergar sentimientos a los que él no podía corresponder.

Jayne se apartó de él.

–Voy a ver si el fax ha llegado bien.

Debería dejarla marchar, pero había algo en aquella mujer que revolvía lo más profundo de su ser.

–Jayne.

Jayne se giró hacia él y Adam se dio cuenta de que estaba excitada. Al instante, sintió que se le endurecía la entrepierna. Su cuerpo le pedía que la tomara y acabara con aquella situación.

–¿Te he malinterpretado? –le preguntó.

Jayne negó con la cabeza, se giró y se metió en la suite.

Adam se preguntó si debería dejar que sucediera algo entre ellos. No sólo por la vulnerabilidad que había visto en los ojos de Jayne, sino por el instinto de protección que aquello despertaba en él.

Jayne hacía que quisiera protegerla y eso era algo que él había ocultado bajo una armadura de cinismo hacía mucho tiempo.

Capítulo Tres

—¿Jayne?

Jayne luchó por no girarse inmediatamente porque aquel hombre era como un imán, así que se forzó a dar un paso más antes de mirarlo por encima del hombro.

No sabía muy bien qué decirle porque una cosa era imaginarse una aventura con él y otra muy diferente tenerla.

Lo cierto era que jamás había visto tanta pasión en los ojos de un hombre y Jayne no pudo evitar excitarse. Se le había acelerado el pulso, se le había entrecortado la respiración y la entrepierna se le había humedecido.

A Adam le bastaría con hacerle una señal con el dedo para que se acercara y ella obedecería, se desnudaría para él y aceptaría lo que quisiera darle, dejaría de pensar en lo que debía hacer y se dejaría arrastrar por aquella parte de sí misma que llevaba tanto tiempo callada y sola.

Jayne se mordió el labio inferior, luchando contra sus necesidades y la intensa mirada de Adam.

Sin darse cuenta, dio un paso al frente.

Aunque siempre se había tenido por una mujer valiente, sabía que era demasiado pragmática para hacer algo realmente arriesgado.

Acostarse con Adam era realmente arriesgado, no sólo en el aspecto laboral sino en el emocional.

La única razón por la que se sentía a salvo fantaseando con él era, precisamente, porque era una fantasía, porque estaba fuera de su alcance.

No le apetecía examinar los motivos que la habían conducido siempre a mantener relaciones en las que se sentía a salvo porque no tenía que arriesgar sus sentimientos.

–¿Qué? –le preguntó.

Adam estaba apoyado en el balcón y a Jayne se le soltó un mechón de pelo que le nubló la vista por un momento.

Tras dudarlo un segundo, se lo apartó de la cara porque hacía ya mucho tiempo que había aprendido que esconderse de las cosas que la asustaban o la excitaban no era una buena idea.

–¿Prefieres que no diga nada? –inquirió Adam.

A Jayne le entraron ganas de gritar que sí.

–Si lo hicieras, las próximas dos semanas serían más fáciles –contestó.

–No creo –dijo Adam cruzándose de brazos con tranquilidad.

Jayne deseó poder estar tan tranquila como él, pero no tenía ni su experiencia ni su encanto. Sus mejores bazas eran los comentarios inteligentes y los chistes y dudaba mucho que fueran a sacarla de aquella situación.

¿Qué había querido decir, que las dos próximas semanas iban a ser un infierno? Tenía razón, pero Jayne no quería admitirlo.

Llevaba toda la vida sustituyendo a alguien. Así, había sustituido emocionalmente a los ricos novios de su madre, que no eran capaces de darle el amor que necesitaba.

También había sustituido a Carrie, la mujer de la que Ben estaba realmente enamorado y por la que la había abandonado.

Para Adam, era una sustituta de su novia, algo temporal.

La verdadera pregunta era si ella estaba dispuesta a tener algo con él. Lo cierto era que se moría por meterse en su cama.

Por una vez en su vida, quería tener lo que deseaba y mandar las consecuencias al infierno, tal y como su madre hacía. Sin embargo, ya lo había hecho una vez y había pagado un alto precio, así que no se había vuelto a permitir semejante lujo.

—Cariñito... —le dijo intentando bromear como antes.

Lo cierto era que estaba cansada de sustituir siempre a alguien. Por una vez, quería ser la protagonista y quería que fuera con Adam.

—No te pongas a la defensiva, *chérie*. Sé que ocurre cuando estás nerviosa, pero yo lo único que te estoy pidiendo es que seas sincera.

Jayne se quedó helada, pues Adam era la primera persona que se había dado cuenta de ese comportamiento.

–Me estás pidiendo más de lo que te quiero dar –le dijo cruzándose de brazos.

–¿Por qué? –le preguntó en aquel tono que hacía que a Jayne le entraran ganas de confesar hasta sus secretos más íntimos.

Adam se acercó a ella y Jayne tuvo que hacer un gran esfuerzo para no dar un paso atrás.

–Porque yo necesito más de lo que tú estás dispuesto a darle a una mujer, más de lo que jamás les has dado a las mujeres con las que has salido.

–Tú no tienes nada que ver con ellas –le dijo Adam.

Jayne se estremeció cuando le tomó el rostro entre las manos y la miró a los ojos fijamente. Entonces, Jayne se preguntó qué estaría buscando y si lo había encontrado.

Le había gustado que le dijera que no se parecía a las demás mujeres con las que había estado, pero se daba cuenta de que no había contestado a su pregunta.

–Lo digo en serio. Soy incapaz de iniciar una relación sabiendo que no va a durar.

–A mí me pasa lo mismo –dijo Adam bajando las manos.

Jayne le entendía perfectamente, pues nadie empezaba una aventura con la intención de terminarla.

En cualquier caso, su situación era única porque tenían dos semanas en el Caribe para disfrutar el uno del otro, pero ambos sabían que después tendrían que seguir trabajando juntos y no estaban seguros de poder hacerlo.

–Pero si a ti nunca te duran las relaciones –recapacitó Jayne.

–Tú tampoco tienes pareja –contestó Adam.

–*Touché*.

Lo cierto era que ella estaba sola por una razón muy diferente, porque estaba buscando la pieza que faltaba en el rompecabezas que era su vida y no quería conformarse con cualquier pieza.

Tenía una lista muy estricta con las cualidades que debía poseer el hombre con el que quería compartir su vida y, para ser sinceros, Adam cumplía algunos de los requisitos, pero no todos.

En ese momento, sonó el teléfono, pero Adam no parecía interesado en contestar.

–Ya contesto yo –se ofreció Jayne.

–No te muevas de aquí, todavía no hemos terminado de hablar –le dijo entrando en la suite.

Mientras él hablaba por teléfono, Jayne lo esperó en el balcón sintiéndose muy sola, más sola de lo que Adam podría imaginar jamás.

Aquel hombre le estaba ofreciendo algo que ella llevaba mucho tiempo deseando y no estaba segura de que su plan de vida fuera tan fuerte como para lograr sobreponerse a aquella tentación.

Lo había pasado mal cuando Ben la había abandonado, pero no demasiado porque nunca había dejado que la conociera de verdad.

Sin embargo, con Adam había sido diferente desde el principio porque él la había entendido desde que se habían conocido.

De repente, se dio cuenta de que lo deseaba demasiado, así que decidió irse antes de cometer la locura de dejarse llevar.

Del balcón salían unas escaleras que llevaban a la playa y Jayne se apresuró a bajarlas mientras se decía una y otra vez que no estaba huyendo.

Sabía que, tarde o temprano, tendría que hablar con Adam y que él le iba a pedir una respuesta, así que necesitaba trazar un plan porque, si se iba a lanzar a tener una aventura con él, tenía que estar preparada para cuando se volviera a ver sola de nuevo.

–¿Jayne?

La vio pararse al final de las escaleras.

La llamada no era importante comparada con lo que estaba sucediendo con Jayne, sólo era alguien del despacho para decir que el fax había llegado bien.

–Ahora no –contestó ella–. Tengo que aclararme las ideas antes de cenar.

–Espera, voy contigo.

–¿Por qué? ¿Por si me ven los Angelini?

A Adam no se le había ocurrido, pero era la excusa perfecta.

–Sí.

Jayne suspiró y comenzó a andar tan deprisa que Adam tuvo que hacer un esfuerzo para alcanzarla. Nunca había visto a su secretaria así.

–¿Qué te pasa?

–No seas tan solícito –contestó Jayne.

Adam la agarró del brazo y sintió su suave piel. Al hacerlo, sus pechos le rozaron el pulgar y se dio cuenta de que, en aquel instante, daría su reino por pasar una tarde a solas con aquella mujer.

Y eso era peligroso.

Durante unos segundos, todo lo demás desapareció. La brisa marina le llenó los pulmones y el romper de las olas se apoderó de sus oídos.

Estaban solos en el mundo, un hombre y una mujer, y eso era lo único que importaba.

Jayne había suspirado y Adam sabía que sentía algo siempre que la tocaba. Se inclinó hacia ella porque necesitaba sentir sus labios como no había vuelto a necesitar nada desde que había decidido que era mejor vivir la vida solo.

Solo.

Al recordarlo, se echó atrás.

Vio que a Jayne se le humedecían los ojos y, aunque le habían dicho muchas veces que era un canalla sin sentimientos, aquélla era la primera que realmente sentía que lo era.

Maldijo en voz baja y se quedó mirando el mar. Si fuera otro hombre, montaría a Jayne en un yate y desaparecería con ella, se olvidaría de los hoteles y de todas las promesas que había hecho siendo demasiado joven para entender que ni un hombre muy fuerte era capaz de controlar la pasión y los sentimientos.

El silencio que había entre ellos se hizo incómodo y Adam sabía que era por su culpa, pero no sabía qué decir.

Jayne era mucho más vulnerable de lo que él creía.

—Tenemos que salir bien parados de esta situación.

—Yo estoy dispuesta a hacer mi trabajo.

—Tiene que ser más que un trabajo porque, si no, no nos van a creer.

—Nunca será más que trabajo, Adam. Jamás.

—¿Por qué no? A mí se me da muy bien fingir. Los Angelini creerán que soy un novio entregado.

—No quiero que finjas que estás interesado en mí porque, si se me olvida que es mentira, nos podríamos ver metidos en un buen lío.

Dicho aquello, Jayne se apartó de él y Adam se quedó mirándola marchar dándose cuenta de que aquella mujer había despertado en él instintos que no sabía ni que poseía.

Por ejemplo, el instinto de protección. ¿También quería protegerla de sí mismo? Prefirió ignorar aquella pregunta.

No quería hacerle daño. Sólo quería... exactamente lo mismo que su maldito padre había querido con Martha cuando había ido con ella a aquel mismo lugar hacía ya muchos años.

Adam maldijo y volvió a la suite. Por primera vez, comprendió lo que le había sucedido a su progenitor y aquello no le gustó.

Se había planteado pedirle a Jayne que realmente fuera su amante, pero ahora se daba cuenta de que no podía hacerlo.

«¿Qué clase de hombre consigue lo que

quiere aprovechándose de una mujer inocente?», se preguntó sintiéndose el hombre más
despreciable del mundo.

Cuando Jayne volvió a la suite, Adam no estaba y se sintió aliviada. Se duchó, se secó el
pelo y se miró en el espejo.

Había tomado ciertas decisiones importantes
durante el paseo que había dado.

Darse cuenta con veintiocho años de que se
había pasado la mayor parte de su vida corriendo y escondiéndose no era muy agradable,
pero era la verdad.

Había habido dos ocasiones en las que le hubiera gustado actuar dejándose llevar por los sentimientos y en ninguna de ellas lo había hecho.

La primera vez había sido cuando conoció a
su padre. Tenía doce años y le hubiera gustado
preguntarle si podía llamarlo papá, pero, en lugar de hacerlo, se había escondido en su dormitorio y se había negado a hablar con aquel desconocido alto y de pelo oscuro que le había
legado sus genes.

Después de aquello, su padre no había vuelto
a visitarla nunca y Jayne todavía se lamentaba
por no haber actuado.

La segunda vez había sido con Ben, cuando
había sentido que lo estaba perdiendo. Entonces, le hubiera gustado preguntarle si tenía dudas, si no quería casarse con ella, pero no había
dicho nada.

Esa vez, Jayne había decidido que no debía esconderse. Quería que Adam fuera algo más que una aventura de dos semanas a pesar de que sabía que corría un gran riesgo, pero ya había tomado una decisión y había trazado un plan mientras se duchaba.

Si las cosas no salían bien, tenía asumido que iba a tener que buscarse otro trabajo.

Se envolvió en el albornoz de color terracota del hotel para maquillarse, algo que su madre le había enseñado a hacer muy bien y que ahora le iba a venir de maravilla.

La voz de su conciencia le dijo que no estaba siendo ella realmente, pero Jayne la ignoró porque ser ella misma la había ayudado a conseguir un trabajo con un sueldo muy alto y una bonita casa, pero nada más.

Tal vez, había llegado la hora de cambiar. Se sonrió a sí misma en el espejo e ignoró que sus ojos la miraban preocupados y que el maquillaje la había convertido en alguien que no reconocía.

Salió del baño justo cuando Adam se estaba poniendo una camisa. Al sentir su presencia, se giró hacia ella.

Jayne creía que estaba preparada para volver a verlo, pero se había equivocado.

Tenía el torso desnudo, cubierto por una fina capa de vello que formaba una delgada línea que se perdía bajo la cinturilla de los pantalones.

¡Qué guapo era!

Jayne no podía dejar de mirarlo aunque sabía que eso era, precisamente, lo que tenía que hacer.

–No sabía que habías vuelto –le dijo por fin.

Al darse cuenta de que parecía idiota, se dijo que debía salir de aquel estado de ensoñación porque, de lo contrario, Adam iba a tener serias dudas sobre su inteligencia.

–Sí –sonrió Adam–, tenemos que hablar antes de bajar a cenar.

Hablar era lo último que Jayne quería hacer porque ya había hablado demasiado antes. Había dejado que Adam viera demasiado de la mujer que era en realidad, de la mujer que había detrás de su eficiente secretaria y no quería volver a sentirse así de vulnerable.

–Yo creo que es mejor que no lo hagamos. Necesito tiempo para acostumbrarme a fingir que soy tu pareja.

–Eso es parte del problema.

Jayne no quería volver a mantener aquella conversación, así que cruzó la habitación en dirección al armario donde estaba colocada la ropa que Adam había comprado.

Ella tenía la costumbre de elegir la ropa en tonos negros, blancos y beige porque era fácil de combinar, pero, por lo visto, las novias de Adam no opinaban lo mismo porque allí había prendas de todos los colores.

–¿A qué te refieres? –le preguntó.

Entonces, se dio cuenta de que tenía una fina cicatriz sobre el pezón izquierdo y se preguntó cómo se la habría hecho.

–Me refiero a que fingir no es fácil y a ti no se te da bien.

–No, no se me da bien –admitió Jayne–, pero creo que podré hacerlo.

–¿De verdad?

–Sí –contestó Jayne eligiendo una falda tipo pareo y un top de tafetán dorado sin mangas.

Se miró en el espejo de cuerpo entero del armario y tomó aire porque estaba a punto de dar un gran paso y sabía que, si se equivocaba, no iba a haber ninguna red esperándola abajo.

–¿Qué te parece? ¿Estoy tan bien como Isabella? –le preguntó a Adam girándose hacia él.

–Con el albornoz puesto, no sé qué decirte.

–¿Isabella no solía llevar albornoz?

–Sí, pero no de felpa y, desde luego, nunca le cubría todo el cuerpo.

Madre mía, aquello no iba a ser tan fácil. Jayne bajó la mirada y, cuando volvió a mirar a Adam, vio que había tensión en sus ojos.

Se acercó al sofá y dejó el conjunto sobre él. A continuación, se deshizo el nudo del albornoz y lo dejó caer a los lados.

No sabía si iba a ser capaz de hacerlo.

–¿Jayne?

Jayne se sentía como un ratoncillo al que una enorme águila estuviera a punto de engullir, pero consiguió controlarse y mirar a Adam de arriba abajo con ojos golosos.

–Cariñito, estás estupendo.

Había esperado que se riera, pero Adam se acercó a ella y le tomó el rostro entre las manos.

A Jayne le habría encantado hacer lo mismo, pero una vida llena de escrúpulos se lo impidió.

—Es la primera vez que te veo con maquillaje —comentó Adam.

Acto seguido, le dio un beso en la mejilla, lo que motivó una cascada de reacciones en el interior de Jayne, una cascada de sensaciones que le bajó por el cuello, a través del pecho, haciendo que sus senos se volvieran voluminosos, y que continuó camino abajo hasta llegar al centro de su cuerpo.

Jayne cerró los ojos un momento y, cuando los abrió, Adam estaba recorriendo su cuello con las manos.

Jayne lo miró a los ojos y en ellos vio un millón de mensajes, pero no fue capaz de descifrar ninguno.

Adam se inclinó sobre ella y le rozó los labios. Jayne cerró los ojos de nuevo y le dijo a la voz de su conciencia, que le advertía que estaba en aguas demasiado profundas, que se callara.

Así, pudo concentrarse en besar a aquel hombre que había conseguido hacerse un hueco en el interior de su alma solitaria.

Capítulo Cuatro

La pasión siempre había sido un aspecto en el que Adam se consideraba un experto, pero Jayne hacía que se sintiera tan verde como un adolescente con su primera mujer.

En lugar de suave y experimentado, se estaba mostrando apresurado y hambriento. Le había metido la lengua en la boca y se había apoderado de ella con la misma pasión con la que quería apoderarse de todo su cuerpo.

Deslizó un dedo bajo el albornoz y se fue acercando poco a poco hacia uno de sus pechos. Cuando la oyó gemir, algo salvaje se apoderó de él.

Era como si jamás se hubiera acostado con una mujer. Toda la sutileza de la que se había armado durante años para protegerse contra ese tipo de emoción se había evaporado.

No quedaba nada más que el hombre duro que había crecido en los pantanos, el hombre que había tenido que dejar aquella vida atrás para vengarse.

No quería pensar en aquello. No ahora, cuando por fin tenía la boca de Jayne para él solo.

Bebió de sus labios como un hombre sediento y no paró de besarla hasta un buen rato después, cuando la miró a los ojos y comprobó que estaba excitada y que tenía la boca más roja que de costumbre.

No podía evitarlo, tenía que descubrir si los pezones también se le habían oscurecido.

Así que le abrió el albornoz y se quedó mirando su cuerpo.

Jayne llevaba un sujetador de encaje de color verde claro que apenas contenía sus voluptuosos pechos, que se movían arriba y abajo al ritmo de su respiración entrecortada.

Adam, que ya estaba excitado, sintió que la erección se le endurecía todavía más. Siguió mirando su cuerpo y vio que también llevaba unas braguitas a juego con el sujetador.

Tragó saliva y la acarició del cuello al ombligo.

—¿Te parezco ahora tu amante? —preguntó Jayne.

A Adam no le apetecía hablar, no quería que nadie le recordara que la mujer que tenía ante sí era Jayne y no una mujer a la que quería tener en su vida durante sólo tres meses.

Sin embargo, precisamente porque era Jayne, se le antojó que parecía correcto que hablara en aquellos momentos.

—Todavía no.

—¿Todavía no? —repitió ella dando un paso atrás y dejando que el albornoz se le deslizara de los hombros a los codos—. ¿Y ahora?

—Dios mío —dijo Adam yendo hacia ella para desabrocharle el cierre delantero del sujetador.

Tenía los pezones del mismo color que los labios y estaban completamente endurecidos.

–¿Y ahora? –quiso saber Jayne con voz ronca.

Sin embargo, ya no era la vampiresa que quería ser sino la tímida Jayne que Adam siempre había sospechado que había en su interior.

–Todavía no –contestó.

A continuación, le acarició los pezones con la tela del albornoz haciéndola gemir y morderse el labio inferior para no gritar de placer.

Entonces, volvió a besarla. Besar a Jayne se había convertido en una adicción de la que no le iba a ser fácil librarse.

Cuando sintió sus caderas moverse hacia delante, se apartó de ella.

–Ahora, sí.

Jayne estaba frente a él, con el albornoz y el sujetador abiertos. Le tendría que haber parecido vulnerable en aquel momento, pero se dio cuenta de que el débil realmente era él.

Se quedó mirándola fijamente. Una vida entera llena de escrúpulos no significaba nada cuando tenía enfrente a la verdadera tentación, a aquella mujer.

Intentó controlar las emociones que se estaban apoderando de él y se concentró en lo único que jamás le había fallado: el deseo.

Volvió a tomarla entre sus brazos y volvió a besarla con ardor. Sintió sus caderas y se apretó contra el centro de su cuerpo para que Jayne sintiera su erección.

Estaba tan excitada que Adam sentía su humedad, que atravesaba las braguitas y los pantalones. Jayne volvió a apretarse contra él y Adam le acarició la columna vertebral y se paró en sus caderas. La mantuvo quieta para poder frotarse tranquilamente contra ella.

Dios mío, aquello era increíble.

—Adam.

—*Oui, chérie*, ahora sí.

Continuó moviéndose hasta que el cuerpo de Jayne tomó el mismo ritmo, aquel ritmo que sólo tenía un final: el clímax.

Adam la abrazó con fuerza para que su torso y sus pechos entraran en contacto. Los pezones de Jayne lo estimulaban y tuvo que apretar los dientes para no terminar antes de tiempo.

Jayne gritó su nombre y Adam deslizó un dedo entre sus piernas y encontró aquella zona húmeda y caliente. La acarició antes de entrar en su cuerpo y sintió las paredes de la vagina contraerse alrededor de su dedo.

Entonces, hizo lo mismo con un segundo dedo mientras con el pulgar le acariciaba el clítoris. Y lo siguió haciendo hasta que sintió que alcanzaba el orgasmo.

Entonces, la miró y la escuchó gemir mientras intentaba ignorar su erección.

Adam sabía que lo que acababan de hacer significaba que no había marcha atrás.

Jayne se agarró a Adam medio mareada. Todavía le latía el cuerpo debido a lo que aquel hombre le había hecho sentir.

Se sentía ligeramente sudada e inmensamente satisfecha, aunque le hubiera gustado hacer el amor con él, sentirse poseída por Adam y poseerlo ella a él.

No sabía qué decir porque con los demás hombres, con los hombres que había habido en su vida, siempre había mantenido el control.

Sin embargo, Adam había terminado con su mundo ordenado y controlado y aquello la confundía.

Adam echó la cabeza hacia atrás y la miró a los ojos. Jayne vio que la miraba con ternura mientras le acariciaba la mejilla con un dedo y le pasaba el pulgar sobre el labio inferior.

Jamás un hombre la había mimado tanto.

Adam la tomó en brazos y la llevó hacia la cama.

—*Chérie*…

En ese momento, sonó la agenda de Adam. Al principio, Jayne no supo por qué, pero luego recordó que ella misma había activado la alarma porque a aquella hora Adam debía hablar con su vicepresidente, Sam Johnson.

«No contestes», rezó.

Y aquello se convirtió en una especie de prueba.

Cuando la dejó de pie en el suelo, consiguió disimular su decepción a duras penas.

Se apartó de ella, consultó la agenda y levantó el auricular del teléfono sin dejar de mirarla con aquella ternura que Jayne no terminaba de entender.

A continuación, agarró un cuaderno, se sentó en la cama y comenzó a tomar notas y a hablar a toda velocidad, como hacía cuando estaba enfadado.

Jayne se dio cuenta de que ya no reparaba en su presencia.

Había terminado con ella. Por fin, se sentía como una verdadera amante y la verdad era que no le estaba gustando.

Se sentía utilizada y barata. Se sentía... excitada y enfadada, pero decidió no enfrentarse a él.

Recogió la ropa que había elegido y se metió en el baño. Al mirarse en el espejo, no se reconoció. Tenía los labios hinchados y rojos de los besos de Adam y el pelo alborotado. Además, seguía teniendo los pezones endurecidos y la piel exquisitamente sensible.

Tuvo que hacer un gran esfuerzo para no volver al dormitorio y abalanzarse sobre él, pero consiguió recobrar la calma, se abrochó el sujetador y dejó caer el albornoz al suelo.

Se vistió, se arregló el pelo, se pintó los labios y colgó el albornoz en la puerta antes de salir del baño.

Adam seguía hablando por teléfono y ni siquiera la miró porque estaba tomando notas. Jayne se dijo que no era nada personal, nada por lo que una amante de mentira tuviera que enfadarse.

Aun así, estaba dolida.

Se puso unos zapatos y salió del dormitorio. No sabía qué hacer. ¿Debería sentarse en el salón a esperarlo?

Su madre sabría qué hacer en aquella situación, pero no la iba a llamar, así que se dedicó a recorrer las diferentes estancias buscando el mapa del tesoro.

Había una carpeta con instrucciones mecanografiadas y Jayne las leyó. Efectivamente, era la historia de amor de un pirata.

A Jayne se le ocurrió que aquello de poder encontrar lo que se deseaba con el corazón era muy romántico, pero se preguntó cuánta gente se conocía tan bien como para saber lo que realmente quería en la vida.

En aquel momento, ella quería dos cosas: la cabeza de Adam en una bandeja y una repetición de lo que acababa de suceder entre ellos, pero con un final diferente.

Se debatía entre la frustración sexual y un profundo sentimiento de ira que no sabía cómo controlar.

Cuando vio que la luz del teléfono se apagaba, entendió que Adam había terminado de hablar y esperó a que fuera a buscarla, pero no lo hizo.

Jayne oyó el ruido del agua y comprendió que se estaba duchando para bajar a cenar. Dejó el mapa sobre la mesa y volvió al dormitorio, donde encontró varias notas para ella.

O lo que había sucedido entre ellos era tan normal en su vida que no le daba importancia o Adam controlaba sus emociones mucho mejor que ella.

Jayne rezó para que fuera aquello último.

—Veo que has leído las notas —le dijo al salir del baño—. Necesito que me envíes varios correos electrónicos y supongo que te dará tiempo de hacerlo antes de bajar a cenar con los Angelini.

A Jayne le pareció que el encuentro que se había producido entre ellos hacía menos de media hora había sido un sueño porque Adam se estaba comportando como siempre.

Se dijo que debería ignorarlo, pero no podía hacerlo porque había arriesgado mucho y creía que Adam también.

¿Por qué demonios no estaba tan afectado como ella? ¿Al igual que todos los hombres que había habido antes en su vida había visto su maldita imperfección? ¿Cuándo iba a ser capaz de disimularla para no tenerse que volver a sentir así?

—*Chérie*, ¿estás bien?

—No —contestó Jayne recogiendo el cuaderno y saliendo al salón para mandar los malditos correos electrónicos.

Quería hablar con él de lo que había sucedido, pero aquél no era el mejor momento porque le hervía la sangre en las venas y estaba muy enfadada.

Conseguir que Adam la deseara había sido increíblemente fácil, pero conseguir que se enamorara de ella era otra cuestión.

Adam se la quedó mirando mientras salía del dormitorio y apretó los puños.

Maldición.

Le hubiera gustado darle una patada a algo, pero no quería que Jayne supiera cuánto le había afectado lo que había ocurrido entre ellos.

Se pasó una mano por el pelo y se dio cuenta de que le había hecho daño. Si no hubiera sido porque había sonado la alarma, se habría acostado con ella y no la habría dejado salir de la habitación en las dos semanas que les quedaban por delante.

Al diablo con los negocios.

Menos mal que la alarma lo había interrumpido antes de que fuera demasiado tarde.

Aquel beso... maldición, necesitaba otro.

Se hizo el nudo de la corbata, se peinó y salió al salón. Jayne estaba sentada, trabajando en el ordenador, pero era obvio que estaba enfadada.

La ropa que le había comprado le quedaba de maravilla y, aunque era una tortura para él, se alegraba de verla vestida con prendas que realzaban su feminidad.

–¿Te queda mucho?

–No, cariñito.

No lo había dicho con el mismo tono de broma de antes y Adam comprendió que, si bajaban a cenar con los Angelini así, la otra pareja se iba a dar cuenta de que pasaba algo.

—Trabajas demasiado —dijo Adam acercándose a ella para darle un masaje en los hombros.

Al sentirla, se excitó y tuvo que cerrar los ojos para recuperar el control.

—Tú eres mi jefe.

Adam apartó las manos y se sentó a su lado. Jayne terminó de escribir el correo electrónico y lo envió. A continuación, apagó el ordenador y se giró hacia él.

—¿Cómo lo haces? —le preguntó.

—¿A qué te refieres?

—¿Cómo consigues no sentir nada? Yo no soy capaz.

—No lo hago adrede.

—Sí, claro que lo haces. Yo sigo estando… bueno, da igual. Estoy enfadada contigo.

Además de sexualmente frustrada, obviamente, porque aquel breve encuentro no había sido suficiente para satisfacer su pasión.

—Me has tratado como a tu amante y… no me ha gustado.

Lo cierto era que Jayne era diferente. Sobre todo, por su sentido del humor. Con ella no había sido capaz de mantener las distancias, como hacía con otras mujeres, y ahora desearía haberlo hecho.

—Yo…

—No me ha gustado, Adam. Una cosa es que me haga pasar por tu pareja y otra muy dife-

56

rente que me ignores cuando surge algo de trabajo. No lo pienso consentir.

Adam le puso la mano en el brazo y Jayne hizo una mueca de disgusto. Protegerse se estaba convirtiendo en algo que le estaba costando mucho conseguir y no quería que fuera Jayne quien tuviera que pagar el precio.

Adam quería ser su héroe, protegerla y ser su príncipe azul. ¿De dónde demonios había salido aquello?

No tenía ni idea, pero se dio cuenta de que era cierto. Aquello era lo más auténtico que sentía desde hacía mucho tiempo, pero no podía decírselo porque, de hacerlo, se sentiría todavía más... vulnerable.

—No sé comportarme de otra manera.

—¿Para ti las mujeres sólo pueden ser compañeras de trabajo o compañeras de cama?

—Sí, pero no hace falta que lo digas con tanto desdén. En cualquier caso, tú no tienes pareja estable tampoco, ¿no?

—Salgo con chicos de vez en cuando.

—Sí, pero nunca te comprometes, así que haces, más o menos, como yo.

—Yo no habría hecho nunca lo que tú me has hecho hace un rato. Yo no soy capaz de olvidarme de las necesidades de mi cuerpo tan rápido como tú. ¿Cómo lo haces?

¿No se había dado cuenta de que todo había sido una gran mentira? Hacía mucho tiempo que había aprendido a fingir que las mujeres le daban igual, pero no era así.

Sin embargo, no había tenido más remedio que construirse aquella coraza cuando había empezado a comprender que había heredado la debilidad de su padre en cuanto a las mujeres, porque aquellos seres tenían un poder especial.

Sobre todo, Jayne, que era capaz de hacerle perder el control y la concentración en el trabajo.

–Es cuestión de práctica –contestó mirando la hora y poniéndose en pie.

Jayne se levantó también.

–¿Qué clase de práctica?

–No creo que lo quieras saber.

–Necesito saberlo, necesito una explicación porque, si lo de antes no ha sido más que un calentón…

Adam se quedó mirándola y se dio cuenta de que Jayne no tenía escudo protector y él no quería que tuviera que verse obligada a fabricárselo por su culpa.

–No, no ha sido un calentón –admitió–. Ha significado mucho para mí, pero, precisamente por eso, deberías darle las gracias a Sam por habernos interrumpido, porque lo único que dejo a mi paso en las relaciones personales es destrucción –añadió saliendo de la suite.

Capítulo Cinco

—¿Adam?

Adam se paró, pero no se giró.

Jayne corrió hacia él, lo agarró del brazo y lo obligó a mirarla.

—¿Qué?

—Después de decirme eso, no te puedes ir sin más.

—Es lo mejor. No albergues demasiadas esperanzas, *chérie*.

—¿A qué te refieres?

—Lo que ha pasado entre nosotros podría convertirse en cualquier cosa cuando volvamos al mundo real —dijo Adam con ternura tomándole el rostro entre las manos.

A continuación, le ladeó la cabeza y la besó en la boca con suavidad. Jayne lo miró confusa pues comprendía que Adam le estaba intentando decir algo con aquel beso, pero no entendía exactamente qué.

Parecía un adiós.

Efectivamente, Adam se apartó de ella y se alejó.

Aunque sabía que no debería hacerlo, Jayne no pudo evitar sentirse animada por lo que le había dicho. Tenía que acostumbrarse a decirle adiós, era cierto, pero ya no estaba enfadada.

Sin embargo, se sentía confusa porque el hombre que era su jefe era mucho más complicado de lo que parecía. Nunca había sentido pena por aquel hombre del que estaba medio enamorada, pero ahora la sentía.

Jayne sospechaba que había oscuros secretos en su infancia que lo habían impulsado a ser un empresario de éxito. Adam no solía hablar de sus padres y Jayne había pensado que había tenido una infancia muy parecida a la suya.

Nunca se le había ocurrido que podía haber vivido la otra cara de la moneda. Jayne estaba empezando a intuir que su padre había abandonado a Adam y a su madre por otra mujer, como le había pasado a ella.

Sintió un profundo dolor en el corazón, aquel lugar donde guardaba los recuerdos de aquel padre al que había visto sólo una vez, aquel lugar que todavía no se había recuperado del todo del abandono de Ben.

Jayne salió de la suite y se dirigió al edificio principal, donde estaba el bar y uno de los restaurantes del complejo.

Debía concentrarse en el trabajo si quería sobrevivir a aquellas dos semanas en el Caribe.

De camino, se paró ante un gran hibisco, arrancó una flor roja y se la puso detrás de la oreja. Estaba cansada de ser la flor que nunca se abría al sol, cansada de no aceptar los riesgos de la vida.

Cuando volvieran a Nueva Orleans, iba a tener que buscar otro trabajo y decirle a Adam que se buscara otra secretaria personal.

Al llegar al edificio principal, cruzó el vestíbulo y entró al bar. Allí estaba Adam, solo, sentado en la barra.

Estaba tenso y Jayne sabía que, en parte, ella tenía la culpa.

Era consciente de que le había puesto las cosas difíciles hacía un rato, pero había sido porque quería que sintiera el dolor y la indecisión que se habían apoderado de ella.

Al ver que Adam echaba la cabeza hacia atrás y se tomaba de un trago el whisky que había pedido, Jayne pensó que lo había logrado.

–¿Qué te parece mi isla?

Jayne se giró y se encontró con Ray Angelini.

–Me está gustando mucho –contestó–. Adam no para de tomar notas. Está verdaderamente entusiasmado con la compra

–Lo sé, pero no me refería al trabajo sino al amor. Didi cree que hay parejas a las que hay que darles un empujoncito, pero yo creo que cada relación tiene su momento.

Jayne se sintió como si la estuvieran interrogando. Sabía que, si metía la pata, podría estropear el negocio de Adam y La Perla Negra era muy importante para él.

–Efectivamente, Adam y yo tuvimos nuestro momento. Primero, empezamos trabajando juntos y, luego, nos hicimos pareja.

–Se ve que estáis muy unidos. Vamos con él.

Mientras se acercaban a la barra, Jayne se dio cuenta de que se le había acelerado el pulso porque el amor era la gran aventura que llevaba buscando toda la vida y Adam era el hombre que se lo podía dar.

Adam miró a Jayne como si fuera una droga y se terminó la copa de vino a pesar de que sabía que estaba bebiendo demasiado porque se había tomado tres whiskies antes de que ella llegara.

Una vez sentados a la mesa para cenar, había seguido bebiendo.

Qué guapa estaba aquella noche. Se había puesto una flor roja detrás de la oreja y estaba maravillosa, algo que Adam no comprendía porque cuando la había dejado estaba confusa y enfadada.

Se culpaba de ello y decidió tomarse otra copa de vino, pero entonces se dio cuenta de que emborracharse no era la solución, así que se bebió la copa de agua y le indicó al camarero que se la volviera a llenar.

Ray se había encargado de que les sirvieran el mejor marisco que Adam había tomado en su vida y eso era mucho decir teniendo en cuenta que había crecido en el golfo de México.

Sin embargo, Adam apenas lo probó porque estaba concentrado en Jayne. Había algo en ella que había cambiado y no iba a parar hasta averiguar qué había sido exactamente.

–He estado mirando el mapa del tesoro y es muy fácil de seguir –dijo Jayne cuando se hizo el silencio.

–Hay algunas sorpresas, pero no os las voy a revelar porque lo interesante es que las descubráis vosotros solos –comentó Didi.

Al principio de la velada, ella y su marido habían estado algo tensos, pero Jayne había conseguido tranquilizarlos. Tenía un talento especial para hacer que todo el mundo se sintiera cómodo y feliz.

Excepto él.

Cuanto más contenta parecía ella durante la cena, peor se sentía él porque sabía que se había comportado como un canalla... y lo peor era que no le iba a pedir perdón.

–¿Qué es lo que tú más deseas en el mundo? –le preguntó Ray.

«A Jayne», pensó Adam.

–La Perla Negra –contestó sin embargo con una sonrisa.

Aquello hizo reír a su anfitrión.

–No, en serio, ¿cuál es tu deseo más profundo? El mes pasado tuvimos una pareja que lo único que quería era dinero.

Adam sabía que el dinero no daba la felicidad y no podía soportar a la gente que sacrificaba su vida para conseguirlo.

–¿Adam?

Adam sacudió la cabeza y bebió agua.

–Yo ya tengo dinero y no necesito que un tesoro me consiga lo que quiero porque soy perfectamente capaz de conseguirlo yo solo.

Sintió la mano de Jayne sobre el muslo, advirtiéndole. Cuando la fue a retirar, él se la agarró.

—Entonces, La Perla Negra será tuya por méritos propios y no porque encuentres el tesoro —dijo Didi—. ¿No se te ocurre nada que quieras y no puedas tener?

Adam le acarició la mano a Jayne y la miró. Ella le devolvió la mirada expectante.

—Quiero a Jayne —declaró Adam.

Jayne sonrió y no dijo nada, pero Adam sintió que se le aceleraba el pulso. Sin poder evitarlo, Adam alargó la otra mano y le tocó el cuello.

Al tocarla, a Jayne se le puso la piel de gallina.

En ese mismo instante, Adam tomó una decisión que llevaba mucho tiempo rondándole la cabeza sin que él se hubiera dado cuenta: Jayne se iba a convertir en su amante de verdad.

—Pero Jayne ya es tuya —comentó Ray.

Aquello rompió el embrujo y Adam se giró hacia los demás comensales.

—Jayne es lo único impredecible que hay en mi vida.

Ray asintió y Didi sonrió.

—¿Y tú, Jayne? —le preguntó—. ¿Tú, qué quieres?

Jayne se encogió de hombros y Adam se dio cuenta de que, aunque parecía transparente, aquella mujer tenía muchas capas.

—Yo no tengo tanto dinero como tú, cariñito,

así que supongo que me gustaría tenerlo para no tener que madrugar y poder hacer lo que quisiera, pero…

Adam la observó mientras cerraba los ojos un segundo.

—Pero lo que de verdad he querido siempre es tener una familia —concluyó.

—¿Quieres tener hijos? —quiso saber Adam.

—Sí, quiero hijos y familia política. Quiero formar parte de una gran familia.

—Yo soy hijo único —declaró Adam.

La sonrisa de Jayne se tornó tan triste que Adam sintió como si le hubieran dado un puñetazo en el estómago, pero no tenía sentido porque Jayne era su secretaria y, si jugaba bien sus cartas, tal vez también su amante.

¿Por qué se sentía entonces culpable al comprender que jamás podría darle lo que ella más deseaba en el mundo?

—Entonces, supongo que deberíais poneros a tener hijos cuanto antes —comentó Ray.

—Cariño… —le dijo su mujer dándole un codazo.

—No he dicho nada —se disculpó Ray—. Hoy toca un grupo de jazz. ¿Os apetece venir a bailar?

—No, Jayne y yo nos vamos a ir a dar un paseo por la playa. Se lo he prometido porque le gusta mucho estar al aire libre ya que pasamos tanto tiempo metidos en la oficina —contestó Adam.

Didi asintió y Ray los miró muy complacido.

Adam sintió que Jayne entrelazaba sus dedos

con los suyos con una desesperación que no estaba seguro de que le gustara.

Mientras avanzaban por el sendero que conducía a la playa, soplaba una cálida brisa.

–Tal vez, tendríamos que haber ido con los Angelini al bar. Así, podrías haber tomado más notas.

–Sé perfectamente lo que hago, *chérie* –contestó Adam–. Llevo mucho tiempo dirigiendo la empresa.

–Perdón. Supongo que estoy demasiado acostumbrada a ser tu secretaria. Por cierto, ha habido un momento en el que he dudado que se estén creyendo que somos pareja.

–Yo estoy completamente seguro de que se lo creen.

–¿Cómo puedes estar tan seguro?

–Porque tú nunca me has fallado.

–Pasas de ser un hombre encantador a convertirte en un frío robot en un abrir y cerrar de ojos –sonrió Jayne con tristeza.

–Contigo no soy frío.

–Pero yo, sí.

Adam no contestó.

–¿Te sigue apeteciendo pasear? –le preguntó al llegar a la playa.

–¿Y a ti?

–Sí.

Adam se sentó en un banco para quitarse los zapatos y los calcetines y remangarse los pantalones mientras Jayne se quitaba las sandalias y las dejaba bajo el banco.

Sintió la arena fresca en los pies y le pareció una sensación maravillosa. Entonces, Adam la agarró de la mano y comenzaron a pasear por la playa.

Lo único que se oía era el romper de las olas y el canto de las aves nocturnas. Parecía una película... una pareja paseando a la luz de la luna llena.

Sin embargo, Jayne sabía que nada de aquello era perfecto. Ella no era perfecta, Adam no era perfecto y sus sueños, aquellos sueños que albergaba de niña a solas en su habitación, tampoco lo eran.

Su infancia había sido demasiado impredecible y por eso ahora era una adulta a la que le gustaba tenerlo todo bajo control.

–¿Te dejo fría? –le preguntó Adam.

–A veces –contestó Jayne–. Supongo que yo también me estoy comportando de una forma extraña. Lo cierto es que no me reconozco a mí misma.

–No te puedo dar más –declaró Adam mirando las estrellas.

–¿Por qué no? ¿Por la política de confraternización de la empresa?

–En parte.

Jayne se quedó esperando una explicación.

–He visto vidas destrozadas por falta de control, *chérie*, y no quiero que eso te pase a ti.

–Es la segunda vez que hablas de destrucción,

67

pero tú no destruyes nada. En realidad, construyes lujosos complejos hoteleros por todo el mundo.

Adam se paró y se quedó mirando el mar.

–En mi vida personal, tengo mucho cuidado y tú lo sabes. Escojo a mujeres que no...

–Que no te exigen nada más de lo que tú estás dispuesto a darles.

–Exacto.

–¿Por qué? No creo que lo tuvieras decidido desde pequeño.

–Pues así fue.

Jayne sintió un repentino escalofrío y se acercó a él. Al ver que tenía frío, Adam le puso su chaqueta sobre los hombros y la agarró de la cintura.

–¿Y por qué prefieres tener amantes a una esposa? Me parece una vida muy fría.

–Lo dices como si lo supieras por propia experiencia.

Jayne se encogió de hombros. No estaba dispuesta a decirle lo que opinaba de las amantes.

–Esta noche está hecha para el amor y no quiero desperdiciarla hablando –declaró Adam tomándola entre sus brazos.

Fue a besarla, pero Jayne dio un paso atrás.

–No voy a dejar que el sexo me ciegue –le advirtió.

–¿Que el sexo te ciegue? –dijo Adam y chasqueó la lengua–. Madre mía, Jayne, eres increíble.

Jayne sonrió.

–Estabas intentando distraerme –le dijo–. ¿Por qué?

–No estoy seguro –contestó Adam agarrándola de la mano de nuevo y yendo hacia el agua–. Finjamos.

–Está bien, pero te advierto que sigo interesada en saber más cosas sobre tus relaciones.

–No es un tema muy agradable para hablarlo con una nueva amante.

–Pero nosotros no somos amantes de verdad.

–Creo que lo seremos.

–Yo también –dijo Jayne en voz baja.

Las olas rompían a sus pies y se quedaron mirándose a los ojos. Por fin, Adam la besó en la mejilla.

–Sé lo que el engaño y la infidelidad le pueden hacer a una familia y yo me prometí a mí mismo hace muchos años que jamás se lo haría a nadie.

–Tú eres muy fuerte y estoy segura de que jamás harías algo así.

–Soy hijo de mi padre, Jayne. No hace ni veinticuatro horas que salimos de Nueva Orleans y ya me estoy planteando la posibilidad de romper una de las normas de la empresa y mi propia promesa de no mantener nunca una relación con una mujer que trabaja para mí.

Dicho aquello, Adam se alejó de ella y Jayne se dio cuenta de que las sombras del pasado se habían vuelto a apoderar de él y habían oscurecido su futuro.

Jayne sabía por experiencia lo que era aquello, pero nunca había pensado que a Adam le ocurriera lo mismo.

—Yo creo que eres un buen hombre.

—Claro.

—Te lo estoy diciendo en serio.

—Demuéstramelo —la retó Adam.

—¿Cómo?

—Bésame y consigue que te crea.

—Muy bien —accedió Jayne poniéndose de puntillas—. Cariñito, prepárate para alucinar.

Capítulo Seis

La boca de Jayne lo sedujo con caricias suaves de los labios y embestidas tentativas de la lengua.

Adam se estremeció. Cuánto la necesitaba, con cuánta desesperación. Al instante, estaba excitado. La abrazó y le acarició la espalda, la agarró de las caderas y la apretó contra su cuerpo.

El juego que había comenzado en el aeropuerto de Nueva Orleans se le había ido de las manos. Aquella mujer era todo lo que siempre había deseado y nunca se había atrevido a tener.

Era obvio que aquella noche iban a dormir en la misma cama y, que una vez se hubieran acostado, habrían dado un paso imposible de ignorar.

Aquella mujer le alegraba la vida y, aunque sabía que podía ser su perdición, no estaba dispuesto a dejarla escapar.

La besó con la misma pasión que había quedado interrumpida horas antes por la llamada de teléfono y le dijo con su cuerpo lo que nunca le diría con palabras.

Jayne se apretó contra él y Adam la agarró de la cintura.

–Qué alucine –le dijo.

Jayne sonrió y Adam sintió que se le derretía el corazón. Aquella mujer le hacía sentir muchas cosas y aquello no le gustaba.

–Ya me conoces, jefe. Cuando quiero algo, siempre lo consigo.

–¿Y ahora me quieres a mí?

Lo había preguntado esperanzado y aquello lo asustaba.

Jayne asintió y se miró los pies, bañados por el mar.

–Siempre he odiado el agua.

–¿Por qué? A mí me encanta el mar. De pequeño, soñaba con tener un barco para dejarlo todo e irme a navegar. ¿Sabes nadar?

–Sí, no era por miedo sino por despecho. Mi madre se pasaba la vida dejándome en el internado porque se tenía que ir a navegar a México o a los Cayos. Para mí, el mar representaba la ausencia de mi madre.

Adam agarró a Jayne de la mano y la condujo playa arriba hacia la arena, donde se sentaron.

–Háblame de tu infancia –le pidió.

–¿Por qué?

–Porque quiero saberlo todo sobre ti.

Adam sabía que la única manera de protegerse era saberlo todo sobre aquella mujer que tenía sentada frente a él, bajo la luz de la luna, y que parecía una criatura etérea de otro planeta.

Así, conseguiría librarse del encantamiento.

–Esto no forma parte de la farsa que hemos

montado para los Angelini, ¿verdad? –preguntó Jayne con cierta vulnerabilidad.

Adam la abrazó con fuerza y se apretó contra ella haciendo que se estremeciera.

–¿Tú qué crees?

–Hay demasiado en juego como para ponerse a hacer cábalas.

–Tienes razón. Te deseo, Jayne. Quiero que seas mi amante. No quiero que sigamos fingiendo ni jugando, quiero que sea de verdad –contestó Adam.

–Yo también, pero no sólo quiero tu cuerpo.

–Bien.

–¿Bien? Sabes perfectamente que esto va a influir en nuestra relación de trabajo.

–Ya te he dicho que quiero saber todos tus secretos.

–Eso no me dejaría un lugar en el que esconderme.

Adam le acarició la cara.

–¿No crees que ya nos hemos escondido demasiado el uno del otro? –le dijo dándose cuenta de que, en realidad, siempre la había deseado.

–¿Estás diciendo que estamos hablando de igual a igual?

En lugar de contestar, Adam la abrazó con fuerza y le acarició los pechos hasta que sintió cómo se le endurecían los pezones.

Jayne se había quedado sin aliento y Adam comenzó a besarla por el cuello. Cuando ella le acarició la parte interna de los muslos, Adam sintió que se endurecía y pensó que, si no la poseía pronto, se iba a morir.

–Volvamos a la habitación –propuso.

–Sí –contestó Jayne.

Jayne dejó de analizar la situación y se entregó a disfrutar de Adam.

Lo deseaba con todo su cuerpo y no veía el momento de llegar a la habitación para hacer el amor con él.

Había visto un salto de cama exquisito en el armario y se moría por ver la reacción de Adam cuando la viera con él.

–En una noche como ésta, me imagino perfectamente al pirata Antonio entrando en el puerto con su barco acompañado por su preciosa doncella.

–No creo que fuera doncella cuando llegaron aquí –contestó Adam.

–A no ser que estuviera enamorada de él, yo estoy segura de que sí.

–No te fíes tanto del amor. Seguro que la pasión pudo con ella.

Jayne recordó lo que Adam le había contado de su padre hacía un rato, pero le costaba creer que aquel hombre no creyera en el amor.

Todas sus relaciones se basaban en que no hubiera sentimientos y Jayne se preguntó si las mujeres que habían pasado por su vida tendrían algo más en común. Pensándolo bien, se dio cuenta de que todas tenían unas piernas bonitas y mucho pecho.

–Se le concede demasiada importancia a la pasión cuando, en realidad, lo único que se necesita para desencadenarla son unas cuantas feromonas y poca ropa.

–Eso no es pasión, sino deseo –dijo Adam.

–Lo tienes bien estudiado, ¿eh?

Adam la miró con una ceja levantada y Jayne se sintió como una colegiala ingenua, que era exactamente lo que era en aquel momento porque no tenía, ni de lejos, la sofisticación de él, ya que para ella el sexo era algo más que una cuestión hormonal.

Por eso, no solía acostarse con nadie.

–¿Me estás preguntando por mi vida amorosa?

–No –contestó Jayne–. Ya sé que tienes una puerta giratoria en tu dormitorio.

Adam no dijo nada, pero le soltó la mano y Jayne se dio cuenta de que estaba enfadado.

–¿Tan bajo concepto tienes de mí?

Sí y no.

–No, te estaba tomando el pelo. Lo siento. Lo que pasa es que no entiendo por qué eliges tener siempre relaciones cortas.

–Porque son más seguras –contestó Adam.

–¿Más seguras que una aventura de una noche? –preguntó Jayne queriendo entender a aquel hombre tan complejo.

–No, pero puedo prescindir del sexo durante unas cuantas noches.

–Cualquiera lo diría.

Adam le pasó un dedo por el cuello y Jayne se estremeció.

–Eso es porque llevabas mucho tiempo quemándome el alma.

Aquellas palabras le gustaron tanto que Jayne le echó los brazos al cuello y lo besó.

–Gracias por haber dicho eso. Ha sonado especial.

–Lo es, Jayne. Nunca lo olvides –le aseguró Adam agarrándola de la mano de nuevo y conduciéndola hacia el hotel.

Por un momento, Jayne se sintió como si sus sueños, pasados y presentes, se fundieran. Olvidó que su padre y su prometido la habían hecho sufrir y creyó que en aquella ocasión, con Adam, el amor podría instalarse en su vida.

Al llegar bajo una farola, Adam la abrazó y la besó con ternura, sin prisas. A continuación, deslizó una mano hasta sus pechos y comenzó a acariciarlos.

Jayne creyó enloquecer. Se moría por sus caricias, por sentir sus manos y sus labios por todo el cuerpo.

–*Chérie*, no puedo esperar más –le dijo besándole el cuello.

–No es necesario que lo hagas –contestó Jayne.

Entonces, Adam la agarró de la cintura y entraron en el hotel andando a buen paso.

–Ah, estáis aquí –dijo Ray al verlos.

–Sí –contestó Adam.

Jayne se dio cuenta entonces de que el propietario del hotel debía de llevar un buen rato en el porche, así que era obvio que los había visto besarse.

Jayne no pudo evitar preguntarse si Adam se había dado cuenta de ello antes o después de besarla.

–El grupo ha hecho un descanso, pero va a empezar a tocar de nuevo dentro de un momento. ¿Queréis venir?

–Claro que sí –contestó Adam–. Así, vemos las actividades de entretenimiento para los huéspedes. Además, a Jayne le encanta bailar.

«¿En serio?», se preguntó Jayne.

–Sí, pero me duele la cabeza –mintió.

–¿Te encuentras mal? –le preguntó Adam.

–Sí, creo que ha sido el viaje.

–Menos mal que a partir de mañana estás de vacaciones –intervino Ray.

–Ve tú, Adam –lo animó Jayne.

En ese momento, llegó hasta ellos el sonido del jazz. Adam estaba en una encrucijada. Un camino lo llevaba hacia el hombre que tenía la llave de un contrato de compraventa que ansiaba firmar y el otro lo llevaba a Jayne.

Jayne intentó no darle demasiada importancia cuando lo vio alejarse.

En cuanto se quedó a solas con Ray, Adam se sintió incómodo y no pudo dejar de pensar en Jayne y en el dolor que había visto en sus ojos.

Didi se reunió con ellos y preguntó por ella.

–Le dolía la cabeza y se ha ido a la habitación, muñeca –le explicó su marido.

Didi no le contestó, pero lo miró de manera extraña.

Adam pensó que aquella pareja no se llevaba bien en absoluto y, desde luego, entre ellos no había amor de verdad, así que, ¿por qué se empeñaban en que la persona que comprara el hotel tuviera una vida amorosa de ensueño?

–Os dejo para que habléis de negocios –se despidió.

La verdad era que los músicos eran maravillosos y a Adam le hubiera gustado que Jayne estuviera allí para bailar con ella.

–Esta mujer se mete demasiado en mi vida laboral y me pone nervioso –le dijo Ray una vez a solas–. ¿Jayne también es así?

–No –contestó Adam–. Bueno, a veces. Si le pido que haga algo que le parece ridículo o que no es bueno para la empresa.

A Adam no le importaba que Jayne opinara porque nueve de cada diez veces tenía razón sobre las inversiones.

–¿Cuánto tiempo lleváis juntos? –quiso saber Ray pidiendo dos copas con un gesto.

«Demasiado poco», pensó Adam.

–Empezó a trabajar para mí hace ocho meses.

–Y entonces, te diste cuenta de que querías algo más con ella que una relación laboral, ¿eh?

–¿Eres mi confesor o qué?

–Si tú supieras –dijo Ray en voz baja–. Perdona, he sido demasiado entrometido.

–Sé que es muy importante para vosotros venderle este hotel a una pareja, pero no hace falta saberlo todo sobre su vida.

–No se lo queremos vender a cualquier pareja, sino a una pareja que esté realmente enamorada.

–Jayne y yo estamos decididos a que La Perla Negra siga siendo el mejor complejo turístico del Caribe.

–Sí, pero eso no es suficiente. Ya quedó claro por teléfono. La Perla Negra no es sólo un complejo turístico. Es una leyenda.

–Las leyendas atraen a los huéspedes.

–Sí, las parejas vienen aquí buscando un entorno romántico para reafirmar su amor.

–Siento mucho decirte que muchas de las parejas que vienen aquí son adúlteras.

Ray se encogió de hombros.

Adam era consciente de que no todo el mundo despreciaba el adulterio como él. Era lo único en el mundo que era incapaz de perdonar.

–Nosotros les proporcionamos un lugar donde estar juntos. Jamás nos interponemos cuando hay amor verdadero entre dos personas.

–¿A pesar de que ese amor tenga consecuencias desastrosas?

–No te entiendo.

–Da igual –contestó Adam antes de terminarse la copa–. Voy a ir a ver qué tal está Jayne.

–Muy bien. Nos veremos para desayunar en el porche. Si os apetece, hay un barco a vuestra disposición para ver la isla.

–Estupendo. Yo soy patrón de yate, así que no necesitamos tripulación. Buenas noches.

–Buenas noches.

Adam atravesó el vestíbulo a toda velocidad pensando en Jayne. No debería haberla dejado por el trabajo. Lo había hecho porque le resultaba más fácil que enfrentarse a lo que sentía por ella.

Cuando llegó a la suite, el salón estaba a oscuras. Abrió la puerta de la habitación muy despacio y miró hacia la cama en busca de Jayne, pero ella no estaba allí.

–¿*Chérie*?

–Estoy aquí –contestó Jayne desde el balcón.

Adam fue hacia allí con la intención de abrazarla y hacerla suya, pero, en cuanto la vio, comprendió que algo iba mal y no era que le doliera la cabeza.

De repente, recordó por qué prefería tener una amante a una novia: porque no había ningún tipo de zozobra emocional.

Capítulo Siete

Al volver, Jayne se había concentrado en el trabajo para no pensar.

Se había cambiado de ropa, pero no se había puesto el salto de cama sino una camiseta grande que se había comprado en la tienda de regalos antes de subir a la suite.

Se había dado cuenta de que no había surgido ningún puente entre ellos.

Se había tirado a la piscina y se estaba ahogando, pero se estaba recuperando. Se dijo que había sido la luz de la luna o la brisa del mar, una enajenación temporal cometida por una persona perfectamente cuerda normalmente.

Era imposible que Adam y ella fueran amantes porque era obvio que nada podía competir con Powell International y, menos, una mujer.

Había albergado esperanzas de poder enseñarlo a amar, pero se habían desvanecido.

–¿Te sigue doliendo la cabeza? –le preguntó Adam desde la puerta.

–No me dolía –contestó Jayne–. Era mentira.

Adam se acercó a ella y se quedó mirándola con los brazos cruzados.

—¿Por qué? —le preguntó a punto de perder la calma.

Jayne sabía que tendría que haberse quedado y haber fingido ante Ray y Didi, pero no había sido capaz porque le había dado miedo que Adam viera en sus ojos lo enamorada que estaba de él.

—Porque necesitaba huir —confesó.

—¿De mí?

Jayne asintió.

De él y de sí misma.

Lo malo había sido que no había podido escapar de sus pensamientos, así que había intentado concentrarse en el trabajo y, luego, había llamado a su madre para preguntarle qué se hacía en una situación así, pero Mona no estaba en casa.

Adam la miró con intensidad.

—No me apetecía hablar con los Angelini. Me parece que no sirvo para esto, Adam.

—¿Te refieres a convertirte en mi compañera de cama?

—Por lo menos no has dicho amante…

Adam maldijo en voz baja y se quedó mirando el mar apoyado en la barandilla del balcón.

A Jayne le entraron ganas de abrazarlo y consolarlo, pero sabía que el precio era demasiado alto y no estaba dispuesta a pagarlo por pasar un par de semanas con él.

—Lo sabía. ¿Qué demonios ha pasado?

¿Cómo se lo iba a explicar sin decirle que estaba enamorada de él?

–Simplemente, he despertado.

–¿Pretendes que me lo crea?

–Supongo que no. Supongo que la isla me estaba cautivando, que me estaba creyendo el romanticismo de la leyenda de La Perla Negra y que te había colocado a ti como a mi héroe.

–¿Y ahora has decidido que ya no lo soy?

Jayne se dio cuenta de que le había hecho daño.

–Eres un héroe estupendo, Adam, pero no para mí.

–¿Por qué no?

–Porque yo necesito más de lo que me puedes dar.

–Jayne...

Jayne le puso los dedos sobre los labios para que se callara.

–No digas nada más. Ni siquiera yo sé lo que necesito, pero sé que es más de lo que estás dispuesto a darles a las mujeres con las que sales.

–¿Qué ha pasado para que cambies de opinión?

–El beso que me has dado para que Ray nos viera. Se me había olvidado que, aunque quieras acostarte conmigo, estamos fingiendo.

–Maldita sea, Jayne, te aseguro que no lo he hecho porque nos estuviera mirando.

Jayne quería creerlo, pero era imposible.

–No estoy enfadada. Yo habría hecho lo mismo en tu situación.

–Muy comprensivo por tu parte. ¿Y si te digo

que te quiero hacer el amor aquí mismo, en el balcón?

–Te tendría que decir que no porque ya te he dicho que me está resultando muy difícil seguir fingiendo.

–¿Qué es exactamente lo que te resulta difícil? ¿Lo del héroe?

–Sí, lo del héroe.

–Es la primera vez en mi vida que tengo esta conversación con una mujer –le dijo Adam exasperado.

–¿Me debería sentir halagada? –bromeó Jayne.

–Por supuesto que sí. Por primera vez en mi vida estoy intentando romper las reglas de mi propia empresa, mis propias normas.

–Lo sé y significa mucho para mí, pero no es suficiente. Aunque lo achaco al encanto de la isla, no es eso lo que me pasa.

–Entonces, ¿qué te pasa?

–Que yo sí creo en el amor y quiero formar una familia y tú, no.

–¿Serviría de algo que te mintiera?

–Por supuesto que no.

–Entonces, no sé lo que quieres, pero sí sé que deberíamos acostarnos y ver qué pasa.

–¿De verdad?

Adam levantó una ceja.

Jayne tragó saliva y se dio cuenta de que, tal vez, lo había estado esperando porque quería que Adam tomara una decisión y quizás también para forzarse a sí misma a tomar otra.

–Tienes razón. Supongo que por eso me he ido antes.

–No le des demasiadas vueltas, *chérie*. No podemos controlar lo que está pasando entre nosotros.

–Es magia, ¿verdad, Adam?

–La magia eres tú –contestó Adam besándola.

Adam tomó a Jayne en brazos y la condujo al dormitorio mientras sentía sus labios, que se movían con una ternura tan infinita que le estaba llegando al alma.

Jayne le estaba dejando llevar las riendas de la situación, no como solían hacer las atrevidas mujeres con las que estaba acostumbrado a salir.

Una vez dentro, la dejó en el suelo y le tomó el rostro entre las manos. La boca de Jayne recibió su lengua con alegría, pero Adam no estaba para juegos preliminares.

Tenía una erección que casi le dolía y necesitaba sentirse dentro del cuerpo de Jayne, necesitaba desnudarla, tumbarla sobre la cama y saborear cada centímetro de su cuerpo de los pies a la cabeza.

Y sólo cuando ella estuviera tan excitada como él podría poseerla.

Comenzó a besarla por el cuello y se volvió a encontrar con el albornoz de felpa. Encendió la lámpara que había sobre la mesilla y le desabrochó el cinturón para deslizar la prenda por sus hombros con la esperanza de encontrar su cuerpo desnudo.

Pero se encontró con una enorme camiseta con el nombre del complejo impreso en la parte delantera.

–¿Qué llevas puesto?

–Una camiseta para dormir.

–Pero si te he comprado un camisón.

–No, me has comprado un picardías para acostarte con tu compañera de cama.

–¿Entonces por qué no te lo has puesto?

Lo cierto era que Adam sabía lo que había pasado. Jayne había creído que la había utilizado para que Ray creyera que eran pareja y, al creerse utilizada, había decidido no volver a exponerse.

Aquello le dolió en un lugar en el que ni siquiera quería pensar... en el corazón. Adam decidió ignorarlo y concentrarse en la mujer que tenía ante sí y en hacer con sus artes amatorias que olvidara el dolor y el sufrimiento.

–No es para tanto, cariñito –intentó bromear Jayne.

Adam sabía que sólo bromeaba cuando estaba insegura y no quería que se sintiera así con él y, menos, cuando tenían la cama tan cerca.

Que él supiera, Jayne no había salido con nadie en los últimos ocho meses, desde que había empezado a trabajar para él.

Decidió reflexionar sobre aquello más tarde.

En aquellos momentos, iba a seducir a aquella mujer como llevaba haciendo desde que era muy joven, con aquella experiencia que le iba a permitir darle todo el placer que ella se merecía.

Comenzó besándole y mordiéndole el cuello. El sabor de Jayne era adictivo y Adam no pudo evitar abalanzarse sobre ella como un hombre hambriento al que le ponen delante una comida de tres platos.

Jayne se aferró a sus hombros. Adam la miró a los ojos y comenzó a desabrocharse la camisa. Cuando se la quitó, vio que ella lo miraba con aprobación.

–¿Te gusta?

–No está mal –contestó Jayne haciéndolo reír.

Adam la tomó en brazos y la depositó sobre la cama.

–A ver si consigo hacerte cambiar de opinión.

–Me parece que te vas a tener que esforzar un montón –contestó Jayne apoyando el codo en la almohada y descansando la cabeza sobre la mano.

–Me sería de gran ayuda que me enseñaras algo de piel.

Jayne se mordió el labio inferior y se subió la camiseta levemente hasta los muslos.

–¿Así?

–Tienes unas piernas preciosas, *chérie*, pero…

Jayne se subió la camiseta rápidamente y se la volvió a bajar. A Adam le dio tiempo a ver un triángulo de pelo castaño y rizado y una tripa lisa. También le pareció percibir una marca de nacimiento en su cadera izquierda.

–¿Qué es eso? –le preguntó.

–Un tatuaje.

–Enséñamelo.

–¿Y qué me vas a enseñar tú a cambio?

–Yo ya me he quitado la camisa.

–Convénceme.

Se sentó de lado en la cama, le tomó una mano y le besó la yema de todos los dedos y la palma.

A continuación, la condujo por su torso. Aquella operación hizo que su erección se endureciera todavía más y que deseara haberse quitado los pantalones.

Mientras sentía las uñas de Jayne haciéndole cosquillas, le levantó la camiseta y examinó su tatuaje. Se trataba de una preciosa florecilla sin abrir que tenía una gota de lluvia al lado.

Siguió el dibujo con la lengua y percibió el aroma de su excitación.

Se moría por hacerla suya.

–¿Convencida? –le preguntó con voz ronca.

–No llevo nada debajo de la camiseta –contestó Jayne.

–No me digas más.

Jayne echó la cabeza hacia atrás y se rió y Adam se quitó los pantalones y los calzoncillos con un rápido movimiento.

A continuación, le quitó la camiseta y la tiró al suelo. Al verla completamente desnuda sobre la cama, se quedó sin aliento.

Aquella mujer resplandecía con una efervescencia que hubiera querido hacer suya, pero era consciente de que, como mucho, lo único que iba a obtener de ella eran aquellos momentos en la cama.

Adam empezó acariciándola con la mirada y las palabras.

—Eres la mujer más exquisita que he visto en mi vida.

Desde luego, cuando la miraba como la estaba mirando en aquellos momentos, Jayne se sentía la mujer más exquisita del mundo.

Por primera vez en su vida, no se sentía una mujer normal y corriente.

—Tu piel es como el amanecer, cálido y dorado, y me muero por tocarte.

—Y yo me muero por que me toques.

Adam sonrió y se inclinó sobre ella para acariciarla. Sus caricias eran tan suaves como una brisa.

A los dedos siguieron los labios y Adam fue bajando hasta el centro de su cuerpo, pero, al llegar allí, se desvió hacia el muslo izquierdo, y mordisqueó la parte interior.

Evitó las zonas de su cuerpo que más necesitaban el contacto. Los pezones de Jayne, erectos, esperaban su boca, pero, cada vez que se acercaba, los evitaba.

Se deleitó sobre el tatuaje, que volvió a trazar con la lengua.

Aquel tatuaje era muy importante para Jayne. Se lo había hecho nada más cumplir los diecisiete años para recordarse a sí misma durante toda la vida que no quería ser como su madre, que no quería ser una flor demasiado abierta.

Adam la miró a los ojos y le acarició los pechos en movimientos circulares hasta que Jayne echó las caderas hacia delante.

Adam la agarró entonces de la cintura y Jayne sintió que no podía hacer nada más que quedarse allí tumbada como un festín preparado para él.

Aquel hombre era como un dios clásico, un poderoso guerrero. Jayne descubrió que tenía otra cicatriz, pero, a diferencia de la del pezón izquierdo, aquélla no era pequeña sino grande e iba desde la parte baja del vientre hasta la cadera.

La tocó con suavidad. A continuación, alargó el brazo y se concentró en sus pectorales. ¿Cuántas veces había soñado con hacer aquello viéndolo en su despacho?

Ahora, podía tocarlo y eso fue exactamente lo que hizo.

Le clavó las uñas en los hombros al sentir uno de sus dedos entre las piernas. Cuando el primer dedo hubo comprobado que estaba húmeda, se unió un segundo y Jayne se aferró a Adam con desesperación.

Adam se inclinó sobre ella y Jayne sintió su aliento sobre su clítoris. Adam continuó introduciéndole los dos dedos en el cuerpo mientras con la lengua la hacía gemir de placer.

Jayne alcanzó pronto el orgasmo y se convulsionó en oleadas de satisfacción.

—Ahora me toca a mí –le dijo.

Lo tumbó de espaldas en la cama y se arrodilló ante él. Primero lo besó y exploró su boca. Al darse cuenta de que sabía a ella, se excitó de nuevo.

Tras juguetear con sus pezones, tomó su potente erección en las manos y comenzó a acariciarla. Siguió haciéndolo hasta que vio una gota de semen en la punta y la esparció con la yema de un dedo.

Lo miró y comprobó que la estaba mirando con un brillo primitivo en los ojos. Entonces, se abalanzó sobre ella y la colocó debajo de su cuerpo.

Jayne sentía su erección entre las piernas y gimió.

Adam se frotó contra ella varias veces. A Jayne le gustó, pero seguía sintiéndose vacía y desesperada por sentirlo dentro de su cuerpo.

—¿Estás tomando la píldora? –le preguntó Adam.

—Sí.

—Menos mal, porque odio los preservativos.

—Yo también.

—Hace poco me hice unos análisis y estoy perfecto –le dijo poniéndole las piernas sobre sus hombros–. ¿Estás bien así?

Jayne estaba estupendamente, pero no podía hablar porque Adam ya estaba abriéndose camino, entrando en su cuerpo.

La besó con el mismo ritmo frenético con el que la estaba poseyendo y Jayne sintió como si se abrasara por dentro.

Nunca había tenido más de un orgasmo por noche y no había creído que con Adam fuera a ser diferente, pero, cuando sintió un cosquilleo entre las piernas, comprendió que iba a tener otro.

Se aferró a los hombros de Adam y dejó que su cuerpo se convulsionara. Al alcanzar el clímax, vio fuegos artificiales y sintió que Adam se vaciaba dentro de ella.

Adam gimió su nombre y dio un par de embestidas más antes de abrazarla con fuerza y dejarse caer.

Jayne no podía pensar ni respirar, pero tenía el corazón henchido de emociones y se dio cuenta de que su deseo más ferviente en la vida ya no era formar una familia sino tener a aquel hombre a su lado para siempre.

Capítulo Ocho

Cuando se despertó a la mañana siguiente, Adam se encontró solo en la cama.

El sol entraba por la ventana abierta y desde la habitación se oían las olas. Por un momento, no recordó dónde estaba, pero en aquel momento se abrió la puerta del baño y salió Jayne.

–Vuelve a la cama, *chérie*.

–Ahora voy.

Jayne se dirigió al armario y sacó algo de un cajón.

Adam era consciente de que aquello era una especie de limbo, pero no le importaba. Se había llevado a Jayne a la cama y ya era demasiado tarde para dar marcha atrás.

En cualquier caso, no quería hacerlo.

Jayne avanzó hacia la cama y se quitó el albornoz, que dejó caer al suelo revelando su cuerpo desnudo.

Adam la miró excitado.

–¿Cuándo te hiciste el tatuaje? –quiso saber.

–Te lo digo si apartas la sábana –contestó Jayne.

–Espero que sea una buena historia –sonrió Adam.

–Te aseguro que sí.

Había algo en Jayne aquella mañana que lo intrigaba. Estaba más sonriente que de costumbre. ¿Tal vez por él?

La agarró de las caderas y la echó hacia delante, haciéndola caer en la cama y tomándola entre sus brazos. Por nada del mundo quería hacer daño a aquella mujer.

–Cuéntame lo del tatuaje –murmuró mientras le acariciaba los pezones.

–Me lo hice a los diecisiete años.

–Espera –le dijo Adam apoyando la cabeza en unas cuantas almohadas y colocándola sobre su erección–. Cuéntamelo ahora.

–Ahora no puedo hablar –contestó Jayne con la respiración entrecortada.

Tampoco quería Adam que hablara. Ya tendría tiempo de que le contara la historia del tatuaje y de descubrir de dónde procedía la misteriosa luz interior de Jayne.

Jayne echó la cabeza hacia atrás y apoyó las manos en los hombros de Adam, que deslizó una mano entre sus cuerpos y se colocó.

Jayne abrió los ojos y lo miró mientras la penetraba.

Adam se dio cuenta de que jamás volvería a ser el mismo y gimió su nombre haciéndola sonreír.

–Te gusta hacerme gemir, ¿eh? –bromeó tomándole los pechos en las palmas de las manos y haciéndola gemir a ella.

A continuación, se metió un pezón en la boca

y lo succionó con cuidado. Jayne lo agarró de la cabeza y lo apretó contra ella mientras lo cabalgaba con naturalidad.

—Gime —le pidió Adam pasándose al otro pezón.

—Todavía no —contestó Jayne.

A continuación, hizo que se tumbara sobre las almohadas y le puso las manos en los hombros. Lo sacó de su cuerpo y lo volvió a introducir con torturante lentitud.

Adam ya no podía más, así que la penetró de nuevo, la agarró de la cintura y se colocó sobre ella.

—Eh, que mando yo —protestó Jayne débilmente.

Cuando Adam comenzó a moverse dentro de ella, sin embargo, cerró los ojos y se dejó hacer encantada.

Mientras, le acariciaba la espalda y pronunciaba su nombre con gratitud. Adam le tomó las nalgas entre las manos y le acarició la entrepierna haciéndola gemir y alcanzar el orgasmo.

Adam llegó al clímax acto seguido y se quedó electrizado y sin poder moverse. Entonces, Jayne le reposó la cabeza entre sus pechos y no dijo nada, pero Adam se dio cuenta de que se había producido algo entre ellos y de que el mundo había cambiado.

Tras hacer el amor, ambos se quedaron dormidos y Jayne soñó que estaban toda la vida juntos.

El protagonista de sus sueños la despertó con un tierno beso que hizo que Jayne pensara que aquel hombre le había robado el alma.

Tras ducharse, fueron al embarcadero, donde Ray y Didi habían dispuesto una fuera borda para que recorrieran la isla.

Adam parecía un niño con zapatos nuevos y a Jayne le sorprendió verlo así, pues parecía que había rejuvenecido diez años. Era obvio que se encontraba más a gusto en el mar que en ningún otro sitio.

Mientras Adam, ataviado con bañador y gafas de sol, manejaba la embarcación, Jayne disfrutaba del sol en cubierta sin querer pensar en las consecuencias.

No habían hablado de si iba a seguir trabajando para él y, por primera vez en su vida, a pesar de que no sabía qué iba a hacer, Jayne estaba disfrutando del momento sin hacer planes.

No quería hacerlos porque no quería renunciar a la fantasía de que Adam pudiera enamorarse de ella, que era lo que más le importaba en el mundo.

Se quedó mirándolo y recordó cómo aquel cuerpo fuerte y musculoso que ahora llevaba la embarcación con poderío había sido suyo aquella noche.

—¿Por qué me miras?

Jayne se sonrojó.

—Parece que estás muy a gusto en el mar —comentó.

–Así es.

–¿Sigues soñando con dejarlo todo e irte a navegar?

–A veces.

–¿Ahora?

–No porque ahora te tengo a ti –contestó Adam–. ¿Quieres llevarlo tú?

–No.

–Gallina.

–De eso nada. No me da miedo.

–Demuéstramelo.

–No tengo que demostrártelo. Estoy demasiado segura de mí misma como para entrar al trapo.

–¿Y si me pasa algo y tienes que volver por tus propios medios?

–Tengo el móvil.

Adam paró el motor, echó el ancla y levantó los brazos. Parecía Poseidón.

–El mar tiene algo especial –declaró.

–Sí, que huele a pescado y te mareas –contestó Jayne.

Adam se apoyó en la baranda y se quedó mirándola.

–La próxima vez que una mujer me diga que no soy romántico…

Jayne intentó reírse, pero imaginárselo con otra mujer no le hacía ninguna gracia. Sin embargo, decidió no pensar en ello y sonrió radiante antes de empujarlo y hacerlo caer al agua.

–Me las vas a pagar –sonrió Adam desde abajo.

Jayne se tiró al agua de cabeza y Adam la atrajo hacia sí y, sin mediar palabra, le metió la mano entre las piernas y le apartó el bañador para tocarla.

Jayne sonrió y Adam le hizo una aguadilla.

¡Qué caradura! ¡Sabía que, si la tocaba así, no podía hacer nada para resistirse! A pesar de que se habían acostado varias veces, ambos parecían insaciables.

Cuando salió a la superficie, lo buscó, le pasó las piernas por la cintura y le dijo al oído las palabras sexuales más explícitas que se le ocurrieron.

Al cabo de un rato, Adam no podía más. La agarró de la mano y la hizo subir al barco. Una vez allí, la tumbó en el suelo.

–Desnúdate –le ordenó mientras se quitaba el bañador.

Jayne se quitó la parte de arriba del biquini y Adam, impaciente, le quitó la braguita. Acto seguido, se tumbó encima besándola y la penetró rápidamente.

–Dime esas cosas otra vez –le pidió.

Mientras la embestía una y otra vez, Jayne le contó con detalle lo que quería que le hiciera y lo que ella le iba a hacer a él.

Cuando hubieron terminado, se quedaron abrazados mientras las olas del mar los mecían.

–Me lo estoy pasando fenomenal –declaró Adam.

–Yo también –contestó Jayne.

Adam la besó con ternura.

–Me alegro. ¿Te has traído el mapa del tesoro?

–Ray me ha dado uno antes de irnos. ¿Vamos a ir a buscar lo que desean nuestros corazones?

Adam la miró de una manera especial y Jayne no pudo evitar pensar que había encontrado en ella lo que buscaba.

Recalaron frente a una cala y, tras bajar el picnic que les habían preparado en el hotel, Adam volvió a por Jayne.

Debería haber seguido navegando para ver bien la isla y las vecinas por si hubiera algo a la venta que le pudiera interesar.

Debería concentrarse en el trabajo, pero no le apetecía.

–Podría haber bajado yo sola.

–Ya lo sé –contestó Adam.

Lo cierto era que sus brazos se sentían vacíos sin ella, pero no se lo dijo. En cualquier caso, tenía la sensación de que ya se estaba dando cuenta.

Tras colocar un mantel sobre la arena, sacaron la comida y se sentaron. Durante el almuerzo hablaron de muchas cosas, pero de nada personal.

Resultó que tenían el mismo punto de vista sobre muchos temas de actualidad, pero sus gustos cinematográficos diferían completamente porque a Jayne le gustaban las películas tontorronas con final feliz.

—¿Qué libros te gustan? —quiso saber Jayne.

—Me encanta *El señor de los anillos* —contestó Adam.

—A mí también. Por fin tenemos algo en común.

—No me puedo creer que te guste Tolkien. No es nada tontorrón.

—Te la estás buscando.

—Uy, qué miedo.

Jayne se abalanzó sobre él y comenzó a hacerle cosquillas. De alguna manera, Jayne terminó debajo de Adam, que aprovechó el momento para besarla.

—Quiero saber más cosas de ti —le dijo al cabo de un rato.

—¿Qué quieres saber?

Ambos se incorporaron y se sentaron y Adam le tocó el tatuaje.

—Te lo hiciste con diecisiete años, ¿no? ¿Por qué te lo hiciste?

Adam no se había dado cuenta antes de que había una parte de Jayne que era secreta. Por muchas veces que le hiciera el amor, había algo que se le escapaba, una parte de su alma a la que no podía llegar.

—Mi madre tiene uno igual, pero con la flor abierta.

—¿Y tú por qué la llevas cerrada?

—Porque siempre he querido ser todo lo contrario a ella.

—Háblame de tu madre.

—Es sofisticada y chic, siempre tiene unos coches espectaculares, viaja un montón y habla tres idiomas.

—¿Es estadounidense?

—Sí, pero mi abuelo era colombiano. Mi madre empezó a trabajar de modelo a los catorce años.

—¿Y te pareces a ella?

—Únicamente en los ojos. Mi madre es mucho más alta que yo y mucho más voluptuosa.

—Entonces, esto lo has heredado de ella —comentó Adam acariciándole los pechos.

—Supongo —contestó Jayne—, pero no tenemos mucho más en común.

—¿Por qué dices eso?

—Porque es la amante de un hombre rico.

—¿Estás segura de que no es su novia?

—Muy segura. Lleva viviendo con Hans seis meses. Es lo que hace siempre. En eso, te pareces a ella.

—Sí, pero yo no suelo poner fecha de caducidad a mis relaciones —contestó Adam intentando imaginarse cómo había afectado aquello a una niña tan sensible como Jayne.

Adam se colocó detrás de ella y la abrazó.

—¿Y tu padre?

—No lo conozco.

Adam le mordisqueó el hombro.

—¿Sabe que existes?

Aquello era algo que le daba mucho miedo, que una de las mujeres con las que se acostaba se quedara embarazada.

No le gustaban mucho los niños y por eso tenía relaciones cortas. Era consciente de que los niños necesitaban un padre que los quisiera y los protegiera, un padre que se dedicara a su familia.

Él había decidido dedicarse al trabajo y a vengarse de un hombre que ya había muerto.

—Mi madre lo dejó antes de que yo naciera y sólo lo he visto una vez.

Al sentir que se estremecía, Adam la abrazó con fuerza.

—¿Y cómo fue?

—Horrible.

Adam esperó pacientemente.

—Me… escondí en el armario. Intentó convencerme para que saliera, pero no le hice caso.

—Lo siento.

—No pasa nada. Fui un error en el que ni mi madre ni él habían pensado.

—¿Te dijeron eso?

—No abiertamente, pero lo sé.

Adam la tumbó sobre el mantel y le hizo el amor lentamente, intentando borrar aquel dolor de su infancia.

Sabía que no podía proponerle una relación normal, de las que él solía tener, porque Jayne necesitaba un hombre dispuesto a comprometerse con ella con un anillo y ante un altar.

Adam le hizo el amor varias veces, haciéndola gemir de placer cada vez que alcanzaba el orgasmo, y tras alcanzarlo él la abrazó con fuerza mientras rezaba para conseguir algo que no sabía poner en palabras.

Capítulo Nueve

Cuando llegaron, Ray los estaba esperando en el muelle. Al verlos, sonrió y le ofreció un puro a Adam.

—Yo me voy a ir a buscar el tesoro —dijo Jayne—. Quédate tú con Ray.

—No, me voy contigo —contestó Adam.

—¿Seguro?

El Adam que ella conocía, su jefe, jamás dejaría escapar la oportunidad de pasar tiempo con un posible vendedor.

—Sí —contestó Adam con una decisión que a Jayne le llegó al alma.

Ray se despidió de ellos y Adam la agarró de la mano. Así, subieron el sendero que conducía a una cueva situada en las colinas donde se suponía que estaba el tesoro de La Perla Negra.

—¿Por qué has preferido acompañarme? Me has dicho muchas veces que el tesoro no te interesa.

—Tal vez, no me conoces tan bien como tú te crees.

—Lo dudo. Te recuerdo que llevo casi un año viéndote y observándote en el despacho. Creo que sé perfectamente el tipo de hombre que eres.

–¿Y qué tipo de hombre soy?

Jayne no quería que su relación se complicara, pero todo lo que Adam había hecho aquel día había sido como un sueño.

Más bien, como si hubiera conocido sus deseos más secretos y se hubiera propuesto hacerlos realidad.

El romántico picnic que habían compartido y todas las veces que habían hecho el amor habían conseguido que Jayne albergara esperanzas.

Tal vez, lo que ella sentía por Adam fuera recíproco y hubiera un futuro esperándolos.

–Eres un sibarita.

–Cierto. ¿Qué más?

–Eres cabezota y decidido.

–Exactamente igual que tú.

–Silencio. Estoy hablando yo.

–Perdón, *chérie*. ¿Qué más tienes que decirme?

–Creo que te sientes solo y que has encontrado la manera de disimularlo a los ojos de los demás. Además, las guapísimas mujeres con las que sales te hacen creer, aunque sea una ilusión, que tu vida personal va muy bien.

Adam se paró en seco y le soltó la mano. Jayne se preguntó si habría ido demasiado lejos, pero Adam le tomó el rostro entre las manos y la besó con cariño.

–Tienes razón –susurró–, pero si lo hago es por algo.

–¿Por qué?

–No quiero estropearte las ilusiones que te hayas hecho sobre mí.

–Te aseguro que no va a ser así.

Nada podría estropear el amor que sentía por aquel hombre. Se le hacía difícil creer que, al abandonar Nueva Orleans, era una fantasía y ahora fuera real.

Adam la guió hasta un banco de hierro desde el que se veía todo el complejo y el mar al fondo.

–Cuando tenía catorce años, mi padre se fue con su secretaria y nos dejó a mi madre y a mí.

Aquello explicaba la política de no confraternización de Powell International. Jayne se preguntó si Adam se habría dado cuenta de que estaba intentando proteger a las familias de sus empleados para que no sufrieran lo que él había sufrido.

¿No se daba cuenta de que aquello era imposible?

–Supongo que sería terrible.

Adam se encogió de hombros.

–Mi madre nunca había trabajado y se encontró completamente perdida. Se encerró en su habitación y estuvo tres meses llorando. Yo me puse a trabajar en una cadena de restaurantes de comida rápida para salir adelante. Entonces, Jayne, me hice a mí mismo la promesa de que jamás haría sufrir a nadie como estaba viendo sufrir a mi madre.

Jayne le pasó el brazo por la cintura y lo abrazó con fuerza.

–¿Y tú? ¿No sufriste por el abandono de tu padre?

–No. Yo ya era casi un hombre, lo suficientemente fuerte para aguantarlo todo.

Jayne presintió que aquello no era cierto.

–Con catorce años se sigue siendo un crío.

–Lo dices como si fueras a pegar a las personas que me hicieron daño.

–Si pudiera, lo haría.

–Oh, Jayne, no te intereses tanto por mí. No podría soportar hacerte daño.

–Precisamente porque te aprecio tanto, no me vas a hacer daño.

–Acabaré haciéndotelo. No podré evitarlo. Yo no estoy hecho para... los finales felices.

–Eso es una tontería. Todo el mundo está hecho para alcanzar la gloria. A ti lo que te pasa es que tienes miedo por lo que les ocurrió a tus padres.

–¿Y a ti? Porque yo no veo a ninguna media naranja en tu vida.

Jayne le dio un pellizco, a ver si así se daba cuenta de que su media naranja era él.

–Ay –se quejó Adam.

–Venga, vamos a ver si encontramos el tesoro –dijo Jayne poniéndose en pie e intentando controlar sus emociones.

Adam la agarró del brazo.

–Lo que te he dicho es porque sé que tengo razón. Estuve casado una vez y no salió bien.

–No lo sabía.

–No lo sabe casi nadie. Mi esposa me abandonó por un compañero de trabajo a los seis meses de estar casados.

—Oh, Adam.

—No te compadezcas de mí. Sabía que sucedería y sucedió. Hoy en día, nadie cree en el matrimonio. Es una institución obsoleta.

—No lo dices en serio. En realidad, tú no eres así.

—¿Desde cuándo eres psicóloga?

—Sabes que tengo razón. A mí me cuesta mucho entablar una relación por cómo es mi madre y porque nunca he hablado con mi padre a pesar de que siempre he querido hacerlo.

—¿Y por qué no lo has hecho?

—Porque me daba miedo, porque estaba convencida de que se había ido antes de que yo naciera porque no me quería y me daba mucho miedo que lo volviera a hacer.

Adam la abrazó y le dijo algo en voz baja, algo que Jayne no alcanzó a oír, pero se sintió más segura que nunca y vio claro que estaban hechos el uno para el otro.

Encontraron el cofre del tesoro en la cueva y comprobaron que dentro había piedras brillantes con el nombre del complejo hotelero.

En la pared había escrito un cántico que debían repetir tres veces si querían encontrar lo que de verdad deseaban sus corazones.

Jayne tomó una piedra y se giró hacia Adam.

—¿Tú no te vas a llevar una?

–No, yo no creo en estas cosas –contestó Adam mirándola con curiosidad.

Jayne cerró los ojos con la piedra en la mano y pidió su deseo.

–¿Qué has pedido? –quiso saber Adam.

–No se puede decir.

A continuación, leyó tres veces el cántico escrito en la pared.

–¿Y ahora qué tienes que hacer, dar vueltas sobre ti misma, escupir en el suelo y decir abracadabra?

–No te burles de mí –contestó Jayne yendo hacia el final de la cueva.

Cuando no lo veía, Adam se metió una piedra en el bolsillo a pesar de que se sentía como un idiota.

Quería que Jayne siguiera en su vida cuando volvieran a Nueva Orleans, al mundo real, y estaba dispuesto a hacer lo que fuera para conseguirlo... incluso pedirle un deseo a una piedra.

Sabía que no podía pedirle que fuera su compañera de cama porque Jayne jamás accedería a semejante arreglo y, para ser sincero consigo mismo, Adam sabía que quería que ocupara un puesto más permanente en su vida.

Le iba a pedir que se fuera a vivir con él y que se convirtiera en su amante. Para él, no era lo mismo compañera de cama que amante. Le iba a pedir que viviera con él y, sobre todo, le iba a permitir que siguiera trabajando en su empresa.

–¿Cómo vivirían aquí el pirata y su doncella? –preguntó Jayne con ojos soñadores.

–Supongo que bastante húmedos.

–Qué romántico eres, Adam. La verdad es que me esperaba algo mejor de un hombre famoso por sus cenas a la luz de las velas.

–Las velas son una cosa y vivir en una cueva es otra. No me digas que tú serías feliz viviendo aquí.

–Si estuviera con el hombre al que amo, el hombre que lo arriesga todo por mí, creo que sí.

–¿Es eso lo que has pedido? –quiso saber Adam, rezando para que no fuera así, porque él podía darle muchas cosas, pero no amor.

Adam no había querido nunca creer en el amor porque siempre había visto que conducía a la destrucción.

–No se lo puedo decir a nadie –insistió Jayne deambulando por la cueva–. Este sitio es fascinante. ¿Qué es eso?

–¿Estalactitas?

–Por lo que veo, no se te daba muy bien la arqueología.

–No, normalmente me sentaba al final de la clase y me dormía.

–¿Y cómo conseguiste ir a la universidad?

–Trabajando mucho. Cuando terminé el colegio, me di cuenta de que era imposible llevar el tipo de vida que yo quería trabajando en restaurantes de comida rápida, así que me puse a estudiar un montón y me hice agente inmobiliario. Mi madre se había recuperado algo para entonces y los dos nos pusimos a vender casas. Además, ganaba bastante dinero con las carreras de coches y eso nos dio una buena base económica. Cuando logré ahorrar, me matriculé en la universidad.

–¿Y tu madre dónde vive ahora?

–En Tucson, con su segundo marido, Al. Se fueron a vivir allí hace cuatro años.

–Arizona es el próximo estado que quiero visitar. ¿Y tu padre y su secretaria? ¿Dónde viven?

Todo el mundo en la oficina sabía que Jayne quería visitar los cincuenta estados del país, pues tenía un mapa en el que iba añadiendo una pegatina con una sonrisa cada vez que visitaba alguno.

Le había preguntado por su padre. Adam prefería ignorar el hecho de que había tenido padre, a pesar de que se recordaba jugando al fútbol con él en el jardín de aquella fabulosa casa de las afueras de Nueva Orleans donde habían vivido todos felices.

–¿Adam? ¿Y tu padre?

–Murió en un accidente de avión.

–Lo siento.

–No me importó –le aseguró Adam.

Sin embargo, no le dijo que el accidente había tenido lugar cuando volvía precisamente de La Perla Negra con su secretaria.

No quería que ni Jayne ni nadie supiera jamás la horrible sensación de pérdida que había experimentado cuando se enteró de que su padre había muerto.

Mucho peor fue recibir a los tres días la carta en la que les anunciaba que se iba con Martha.

Jayne lo tomó de la mano y Adam se dio cuenta de que tenía la piedra en la palma.

–¿Qué haces?

Jayne cerró los ojos un momento.

–Quiero compartir mi deseo contigo.

–¿A pesar de que me he burlado de ti?

–Sí. No quiero ser feliz si tú no lo eres.

Adam sintió que se le encogía el estómago y se le aceleraba el corazón. Entonces, se dio cuenta de que podía hacer daño a aquella mujer. No sólo por su hábito de no comprometerse sino porque Jayne tenía un lado sensible y le había dejado verlo.

–Tengo que hacer unas cuantas llamadas de teléfono antes de cenar –anunció Adam cuando volvieron a la suite unas horas después–. ¿Me haces un favor?

–¿Qué favor? –preguntó Jayne.

Estaba agradablemente cansada de pasear al sol durante todo el día.

–Se trata de una misión de caridad. Didi Angelini tiene un pésimo gusto vistiendo y creo que es uno de los problemas que hay entre ella y su marido.

–Sí, ya me he dado cuenta de que Ray no para de mirar a otras mujeres.

–Quiero que le compres ropa nueva –dijo Adam entregándole su tarjeta de platino.

—¿Por qué?

A Jayne no le importaba ir de compras para otra mujer, pero quería entender aquella faceta del hombre del que estaba enamorada.

Adam siempre se comportaba bien con las mujeres e incluso parecía tener un alto sentido de protección hacia ellas.

—No puedo soportar ver a una mujer con un vestido feo —contestó yendo hacia el fax.

—Eso no te lo crees ni tú. Dime la verdad.

—Jayne...

—Sólo quiero saber por qué lo haces. Es la tercera vez que me pides esto en el tiempo que llevo trabajando para ti y quiero saber por qué tienes esta costumbre tan pasada de moda.

Adam se metió las manos en los bolsillos y la miró a los ojos.

—No quiero que se lo cuentes a nadie —le advirtió.

—Por supuesto que no —le aseguró Jayne—. Sólo quiero saber qué hace que Adam Powell se altere.

—Me alteran la culpa, la avaricia y el deseo —contestó Adam en broma.

—Sé que hay más cosas.

Adam se encogió de hombros.

—No, te lo aseguro.

—Deja de intentar distraerme.

Adam se acercó a ella y la agarró de la cintura.

—Me da vergüenza decirlo en voz alta.

Jayne apoyó la cabeza en su pecho y escuchó el ritmo pausado de su corazón.

–Entonces, dímelo al oído.

Adam pronunció su nombre y le dio un beso en los labios. Jayne sintió su erección y supo que la deseaba, pero también se dio cuenta de que le estaba ocultando algo.

–Yo también te deseo, cariñito, pero quiero respuestas.

Adam la tomó en brazos y se sentó en una butaca junto a la ventana con ella en su regazo. Jayne intentó establecer contacto visual, pero Adam se lo impidió.

–Mi madre vestía muy mal –confesó por fin–. Una de las razones por las que mi padre nos abandonó fue porque se avergonzaba de ella. Mi madre no sabía cómo cambiar ese aspecto de su personalidad y, francamente, yo tampoco. Cuando conocí a Susan, que vestía con elegancia y naturalidad, mi madre aprendió algunos trucos.

–¿Quién es Susan? –preguntó Jayne.

–Mi ex mujer.

A Jayne le costaba imaginarse a un Adam tan diferente del que ella conocía ahora, casado y no siendo el dueño de la empresa.

–¿Cuántos años tenías cuando te casaste?

–Me casé con veinte años y me divorcié con veintiuno. Lo único bueno que tuvo estar con ella fue que ayudó a que mi madre vistiera mejor. Desde entonces, siempre que conozco a una mujer cuyo matrimonio no va bien y que viste mal, intento ayudarla.

–No puedes arreglar los matrimonios de todo el mundo.

–No es ésa mi intención.

–¿Entonces?

–Yo lo que intento es nivelar el terreno de juego.

–Eso que acabas de decir es realmente...

–No lo digas.

–... Bonito.

–No te pongas en ese plan. Te advierto que tampoco puedo soportar ver a una mujer que oculta su sensualidad natural.

–¿Y por qué no lo has dicho antes?

Adam la agarró de la barbilla y la besó con cariño. Cuando la volvió a mirar, Jayne vio algo más que deseo en sus ojos. Vio afecto y cariño y otros muchos sentimientos que nunca hubiera esperado ver en ellos.

–Tengo que llamar a Sam –anunció Adam.

–Sí, y yo tengo que ir de compras –contestó Jayne poniéndose en pie.

Estaré libre dentro de media hora.

–No creo porque a Sam le encanta hablar por teléfono.

–Podría cortarle si tuviera un buen incentivo cerca.

–Veré lo que puedo hacer al respecto.

Adam la acompañó a la puerta y la despidió con un beso que no fue tierno y suave en absoluto sino apasionado y salvaje.

–¿Y eso? – preguntó Jayne sintiéndose como si acabara de salir de un huracán.

–Un incentivo para ti –contestó Adam guiñándole un ojo.

Jayne salió de la suite pensando que Adam estaba cambiando.

Ya no era aquel hombre sin sentimientos para el que trabajaba unos días antes y, aunque sabía que tal vez era una locura, se le había acelerado el corazón al pensar por qué había cambiado.

Capítulo Diez

–¿Dónde están las mujeres? –le preguntó Ray mordiendo el puro, mirando alrededor y consultando la hora que era.

Adam no estaba preocupado porque Jayne lo había llamado hacía un rato para decirle que Didi y ella irían directamente al restaurante.

La había echado de menos mientras trabajaba.

No era cierto que tuviera que llamar a Sam, su vicepresidente, pero necesitaba estar solo.

Le había contado a Jayne cosas que jamás había querido revelarle a nadie y le estaba costando cada vez más mantener las distancias.

Iban a cenar en un pueblecito que Jayne había descubierto dando un paseo por la isla, en un restaurante en el que el chef, por lo visto, era buenísimo.

Jayne quería que Adam hablara con él para contratarlo para La Perla Negra.

–No te preocupes, Jayne es la mujer más organizada del mundo. Estarán a punto de llegar.

–Sí, la verdad es que Jayne está en todo.

–Sí, así es. Tengo mucha suerte de tenerla a mi lado. Didi tampoco se queda corta.

—Ésa lo único que hace es hacerme la vida incómoda.

—Supongo que ésa es otra cualidad que tienen las mujeres.

En ese momento, Ray se quedó mirando hacia la puerta con la boca abierta. Adam se giró y se encontró con Didi y con Jayne.

Ray murmuró algo en italiano que Adam no entendió, pero no le hizo falta porque estaba muy claro lo que ambos sentían.

Las mujeres estaban impresionantes.

A Jayne le brillaban los ojos y Adam no pudo evitar sonreír. Didi llevaba un conjunto que le quedaba de maravilla.

Adam no podía apartar los ojos de Jayne. Le daba miedo darse cuenta de lo importante que aquella mujer era en su vida.

No podía arriesgarse a dejar que fuera tan vital para él y se preguntó durante un segundo si no debería distanciarse un poco.

La verdad era que no creía que pudiera hacerlo.

Didi se cruzó de brazos tímidamente, pero Jayne le indicó que no lo hiciera.

—Bueno, ¿no vais a decir nada? —preguntó Jayne.

Adam se recuperó primero y fue hacia ellas. Le tomó a Didi una mano y se la besó

—Estás espléndida. Ray y yo vamos a ser la envidia de todos los hombres del restaurante.

A continuación, se giró hacia Jayne y sintió que las palabras tiernas no acudían a su mente sino una desesperada necesidad de besarla con deseo.

Y así lo hizo.

Cuando terminó, le dieron ganas de mandar la reserva para cenar al garete y de correr a la suite, pero, por supuesto, no lo hizo.

–Muñeca... yo... tú... –dijo Ray.

Por primera vez desde que se habían conocido, parecía que aquel hombre se había quedado sin palabras.

–¿Se te ha comido la lengua el gato?

–Estás estupenda. Creo que nuestra mesa ya está lista –dijo tomándola de la cintura y guiándola por el restaurante.

–A ver si aprendes a hacer mejor tu trabajo –lo reprendió Didi.

Adam y Jayne los siguieron y no pudieron evitar escuchar su conversación.

–Se me da mucho mejor cuando no metes las narices.

–Muñeco –dijo Didi imitando su forma de hablar–, no estoy metiendo las narices sino asegurándome de que lo haces bien.

Por suerte, pronto llegaron a su mesa y se sentaron. Era una de las mejores mesas del local, situada frente a un gran ventanal desde el que se veía el mar.

Adam no soltó a Jayne de la mano ni siquiera cuando se sentaron. Le gustaba sentir su delicada piel.

También le gustaba saber que tenía derecho a tocarla, que Jayne le pertenecía y que, maldición, él también le pertenecía a ella.

Se estremeció al darse cuenta de que era demasiado tarde para no quererla porque ya estaba enamorado de ella.

El camarero era un joven jamaicano de amable sonrisa y, en opinión de Adam, demasiado simpático cuando se dirigía a Jayne.

Adam la besó con ardor para que a todo el mundo le quedara claro que era suya y, a continuación, pidió el menú con mucha tranquilidad.

Jayne lo pellizcó por debajo de la mesa y Adam le acarició el muslo. En ese momento, Ray y Didi se excusaron para ir a saludar a una pareja que estaba hospedada en su hotel.

—¿A cuento de qué ha venido eso?

—¿El qué? —contestó Adam sin parar de acariciarle la pierna.

—Esa reacción como de macho dominante defendiendo su territorio. ¿Por qué no me marcas como a una res?

—¿Me dejarías?

—Eres un caso perdido —se rió Jayne.

—Sólo en lo que a ti concierne.

Jayne se quedó sin aliento y cuando lo miró a los ojos...

Oh, maldición, aquello no podía ser amor. Adam sintió que se le aceleraba el corazón y se dio cuenta de que la situación se le estaba yendo de las manos.

Un pequeño grupo subió al escenario y pronto el ritmo de la música reggae y el calipso se adueñaron del local.

Adam vio que Jayne estaba tarareando las canciones.

–¿Quieres bailar? –le preguntó.

–Sí, pero tú tienes que ir a hablar con el cocinero y yo...

–Venga, vamos –la interrumpió Adam agarrándola de la mano y tirando de ella–. Hace mucho tiempo que no te tengo entre mis brazos.

Jayne no dijo nada. Dejó que Adam la guiara hasta la pista de baile y la estrechara entre sus brazos y se limitó a apoyar la cabeza sobre su corazón, como hacía siempre.

Adam rezó para que no se diera cuenta de que le latía aceleradamente.

El resto de la semana transcurrió a velocidad de vértigo y Jayne y Adam no se separaron ni un solo momento.

Jayne aprendió que a Adam le encantaba el mar porque alquiló un barco en el que salieron a navegar todas las tardes.

Sabía que era muy introvertido y en la isla averiguó por qué. Creía haber entendido por fin por qué se limitaba a tener relaciones cortas. Lo hacía porque quería proteger a la mujer con la que estaba.

Jayne jamás habría sospechado que aquel hombre, conocido como un tiburón de los negocios en la industria hotelera, era tan considerado y bueno con los demás.

Aquel día estaba jugando al voleibol con un grupo de solteros que habían ido a la isla a pasárselo bien.

Daba la casualidad de que Adam había estado estudiando el perfil de los clientes del complejo hotelero mientras ella realizaba gráficos e informes en el ordenador.

No le importaba tener que trabajar. De hecho, le parecía que su relación añadía a su vida laboral una dimensión nueva.

Adam se fiaba de su opinión y hacía descansos más a menudo que antes para simplemente sentarse a su lado en silencio.

A veces daban un paseo y otras hacían el amor con tanta pasión que Jayne estaba convencida de que la quería.

Adam quería convertir La Perla Negra en un destino exclusivo de vacaciones familiares y Ray había dado el visto bueno para venderle el hotel.

Jayne pensó que por eso Adam estaba tan relajado aquel día.

Lo estaba observando desde la arena, admirando su torso desnudo y sudado y, cuando la miró, sintió la intensidad de su mirada a pesar de que llevaba gafas de sol.

Cuando terminó el partido, Adam se sentó en su tumbona y le quitó la margarita.

–¿Dónde estabas?

–Hablando con Guy O'Bannon.

–¿Y ése quién es?

–El buscador de tesoros –le recordó Jayne.

–¿Qué clase de nombre es ése?

Jayne se encogió de hombros.

–Creo que se lo ha inventado. La verdad es que es un hombre muy gracioso. He quedado con él para que venga a vernos y para que haga el mapa del tesoro de nuevo añadiendo pistas falsas. Me ha dicho que también nos va a ayudar con la leyenda.

–Estupendo. Ahora, lo único que falta es que Ray firme el contrato de compraventa y todo estará en orden.

Adam llamó a una camarera y pidió una cerveza. A continuación, tomó a Jayne en brazos, se sentó en la tumbona y la colocó en su regazo.

–Me cuesta admitirlo, pero lo cierto es que me gusta este lugar –comentó al cabo de un rato haciéndole caricias en la cintura.

–¿Por qué dices eso? –quiso saber Jayne intentando concentrarse en la conversación y no en la deliciosa sensación que aquellas caricias le producían.

Apoyó la cabeza en su hombro y deseó que aquella cercanía tan especial no terminara nunca.

–Porque aquí fue donde mi padre trajo a su secretaria antes de abandonarnos.

–Oh, Adam –se lamentó Jayne intentando mirarlo a los ojos.

Pero Adam la abrazó con fuerza y no se lo permitió.

–No digas mi nombre así. No soy un niño de catorce años.

–No lo he dicho con esa intención pero... la verdad es que me gustaría que no hubieras tenido que pasar por aquello –le dijo Jayne de corazón.

Sabía que no tenía forma de proteger a aquel hombre del sufrimiento. En realidad, pensar que un empresario tan fuerte como él necesitara protección era casi ridículo, pero eso no impedía que sintiera ganas de protegerlo.

–Por lo menos, disfruté de mi padre durante aquellos catorce años. Hacía mucho tiempo que había olvidado los buenos recuerdos –dijo Adam besándola.

Sabía a sal y a lima.

Jayne volvió a sentir sus caricias y su cuerpo respondió. Jamás se hartaría de él. Jayne no quería pensar en que se tendría que separar de Adam porque imaginarse su vida sin él era demasiado doloroso.

Adam era dueño de ella, de su cuerpo, de su corazón y de su alma y sospechaba que se había dado cuenta.

Lo cierto era que no le importaba mucho porque, en cierta manera, había empezado a sentir que ella lo poseía de igual forma.

Adam la miró a los ojos y Jayne sintió que se estaba excitando y pensó que iban a estar mucho más tiempo tomando el sol, pero la anticipación era maravillosa y Adam también parecía pensar lo mismo porque, tras frotarse contra ella, se echó hacia atrás y disfrutó del momento.

–¿Qué piensas ahora de tu padre? –le preguntó Jayne para distraerse.

–No lo puedo perdonar y no creo que sea capaz de hacerlo nunca, pero, por lo menos, ahora recuerdo los buenos tiempos.

–Me alegro. La infancia debería dejar montones de recuerdos buenos y duraderos.

Adam abrió los ojos y Jayne sonrió.

–Hablas como si fueras una de esas tarjetas de felicitación cursis y antiguas –murmuró.

Jayne sabía que había hecho muchos progresos, que había obtenido mucha información, pero se dio cuenta de que no debía abusar.

–Sí, es lo que tú me inspiras, cariñito.

–Te he dicho mil veces que no me llames así –bromeó Adam.

–No te pongas así. Mira, aquí llega tu cerveza.

–Me la llevo.

–¿Dónde vamos?

– A la habitación –contestó Adam poniéndose en pie–. Ya te dije que, la próxima vez que me llamaras cariñito, te iba a dar unos azotes en el trasero.

–Como que me voy a dejar.

–Jayne, toma la cerveza y ven conmigo.

Jayne sintió que la anticipación se apoderaba de ella y, mientras lo seguía sendero arriba, tuvo la certeza de que Adam y ella iban a estar juntos toda la vida.

Adam le abrió la puerta y Jayne entró en la habitación llena de sol.

Obviamente, Adam no había dicho en serio

lo de pegarle en el trasero, aunque Jayne tenía a veces unos comentarios que le daban ganas de tumbarla sobre sus rodillas y darle unos azotes.

Lo que en realidad quería era hacerle el amor. El tiempo que habían pasado juntos en el hotel había sido el más maravilloso de su vida y, a la vez, el más tenso.

Adam sabía que aquello no podía durar y le daba miedo, por primera vez en su vida, no saber llevar la situación con naturalidad.

Le daba miedo que Jayne saliera de su vida y encontrarse otra vez rodeado de bellezas vacías y frías, despojado del fuego con el que Jayne le había calentado el alma.

Adam tomó a Jayne en brazos y la llevó a la cama. Ella le ofreció la cerveza y él la dejó sobre la mesilla.

A continuación, se arrodilló ante ella, le acarició el tobillo y le quitó las sandalias. Acto seguido, comenzó a subir las caricias hasta llegar a los muslos.

Jayne se estremeció y cerró los ojos mientras separaba las piernas. Adam comenzó a tocarle la entrepierna hasta que sintió la humedad a través de la braguita del biquini.

Entonces, deslizó un dedo por el elástico y trazó la apertura de su cuerpo. Jayne se estremeció y se le aceleró la respiración.

Los pechos, que se le habían hinchado, amenazaban con romper los botones del vestido y Adam se inclinó sobre ella y le mordió un pezón a través de la tela.

Jayne jadeó su nombre y le apretó la cabeza contra ella.

–Desabróchate el vestido, *chérie.*

Jayne obedeció con dedos temblorosos mientras Adam la observaba atentamente. Por fin, se bajó el vestido hasta la cintura.

–Quítate el biquini –le dijo con voz ronca.

Jayne obedeció de nuevo. Tenía los pezones endurecidos y Adam la deseó más que nunca. La besó por la tripa y bajó hasta encontrar el centro de su feminidad.

Cuando Jayne adelantó las caderas en respuesta, Adam le separó las piernas e introdujo la lengua en su cuerpo.

Jayne sabía exquisitamente y Adam sintió que se endurecía de manera dolorosa. La necesitaba más que nunca.

Jayne gimió su nombre.

Adam se deslizó por su cuerpo hasta llegar a su boca y, una vez allí, la besó sin dejar de darle placer en la entrepierna con los dedos.

Jayne no podía dejar de decir su nombre ni de arañarle los hombros. Adam sintió que las paredes de su vagina se tensaban alrededor de sus dedos y, poco después, sintió que su cuerpo se convulsionaba.

Miró a la mujer que tenía en sus brazos y ella lo miró a los ojos sin tapujos. Entonces, Adam se dio cuenta de que no era merecedor de su amor porque no era el hombre capaz de hacer sus sueños realidad.

Se quitó el bañador y le quitó la braguita del

biquini sin decir nada. Jayne se mordió el labio inferior y lo miró. Adam se dio cuenta de que había algo más. ¿Miedo, pena, enfado?

No estaba seguro, pero tuvo la sensación de que Jayne se daba cuenta de que estaba huyendo.

En aquellos momentos, no quería pensar, sólo quería sentir el deseo salvaje.

Tomó una almohada y la colocó bajo las caderas de Jayne. Consciente de que aquello era lo mejor que le podía dar, la hizo alcanzar un segundo orgasmo con la boca.

–Te necesito –le dijo Jayne tomando su erección en las manos y colocándosela entre las piernas.

Él también la necesitaba a ella, necesitaba que le prometiera que jamás lo iba a abandonar, pero sabía que no se lo podía pedir.

Le pareció que Jayne se estaba dando cuenta de todo, así que la tumbó boca abajo y le quitó el vestido con los dientes.

La sostuvo para que no pudiera darse la vuelta mientras le pasaba la lengua por la columna vertebral, besándole la espalda y acariciándole las caderas.

A continuación, le separó las piernas y pasó varias veces su erección por aquel lugar hasta que Jayne levantó las caderas.

Entonces, la penetró lentamente, la tomó de las manos y comenzó a moverse dentro de su cuerpo.

Sentía la erección tan dura que le parecía

que hacía años que no había hecho el amor y no horas, como en realidad había sido.

Adam quería que aquello fuera algo más que sexo, quería darle a Jayne más de lo que jamás había experimentado con otro hombre, así que, a pesar de que se moría por dejarse ir, consiguió que las embestidas fueran lentas y placenteras.

Mientras la hacía suya, le mordió el cuello y, cuando se dio cuenta de que no podía más, la agarró de las caderas y comenzó a moverse con fuerza.

Notó cómo se tensaba justo un segundo antes de vaciarse en su interior y, a continuación, se dejó caer sobre ella y cerró los ojos para no tener que ver en los ojos de Jayne lo que sentía por él.

Sin embargo, envuelto en una nebulosa de euforia, rezó para que Jayne quisiera vivir con él, porque lo que acababa de compartir con ella era lo más parecido al paraíso que había conocido jamás.

Capítulo Once

Jayne pasó la tarde del penúltimo día con Didi en el balneario, dejándose mimar. Adam le había dado aquel tiempo libre y le había dicho que no quería volver a verla hasta que estuviera relajada.

Jayne estaba anonadada ante cómo había cambiado Adam durante su estancia en la isla. Era un hombre diferente que había conseguido que sus infantiles sueños de encontrar al señor perfecto quedaran atrás.

Adam era mucho mejor.

Aun así, había muchos aspectos de su relación que estaban en el aire. Jayne no tenía ni idea de lo que Adam tenía previsto hacer cuando volvieran a Nueva Orleans.

Ella, por su cuenta, ya había escrito y firmado mentalmente una carta de renuncia. Era consciente de que había apostado su corazón por Adam y estaba segura de que iba a ganar.

Aunque era sumamente cuidadoso y jamás hacía promesas que no pudiera cumplir, Jayne sabía que Adam quería tenerla a su lado.

Así se lo había dicho la noche anterior en la cama, justo antes del amanecer, cuando la vida parecía casi perfecta.

–No me puedo creer que nos vayamos ya –le dijo Jayne a Didi–. Te debe de encantar vivir aquí. Es como un paraíso terrenal.

–La verdad es que no se parece mucho –contestó Didi esbozando una sonrisa–, pero me gusta vivir aquí, sí.

–¿Por qué lo vendéis?

Ray y Didi no eran muy mayores, desde luego no lo suficiente como para jubilarse, y parecía que les gustaba vivir en el hotel. Sobre todo a él, que se pasaba los días en el bar contándoles historias a los huéspedes.

–Ray y yo tenemos que viajar mucho debido a nuestros trabajos, así que no podemos quedarnos aquí mucho más tiempo.

Aquella pareja intrigaba a Jayne. Nunca hablaban de su vida personal, pero Jayne llevaba toda la vida estudiando a los matrimonios.

Para ser más exactos, desde que en segundo curso una niña de su clase le había preguntado si Jonathon O'Neil, la pareja que por aquel entonces tenía su madre, era su padrastro.

Hasta aquel momento no se había dado cuenta de que las demás familias no tenían a un hombre diferente cada equis meses en sus casas.

–¿En qué trabajáis? Espero que no te ofendas, pero ninguno de vosotros parece saber mucho sobre cómo llevar un hotel.

–No, así es. En realidad, estamos especializados en la naturaleza humana. Por eso es tan importante para nosotros encontrar a una pareja enamorada que quiera comprar el hotel.

–Entiendo ese empeño desde un punto de vista personal, pero desde el punto de vista empresarial carece de credibilidad.

–¿Siempre piensas desde el punto de vista empresarial, Jayne?

Lo cierto era que Jayne intentaba hacerlo porque la vida le había enseñado que era más fácil así, pero últimamente no podía evitar pensar cada vez más desde un punto de vista familiar.

La cabeza se le llenaba de imágenes de Adam y ella con varios niños, de Adam y ella creando la familia que ambos habían querido siempre y nunca habían tenido, de Adam y ella viviendo en una gran casa y haciéndose viejos juntos.

Jayne suspiró.

–Normalmente sí, pero últimamente no mucho.

–Me parece a mí que los humanos utilizan el trabajo para ocupar sus vidas solitarias en lugar de buscar consuelo los unos en los otros.

–Quizás, pero el éxito produce una sensación muy placentera.

–Ya.

En ese momento, sonó un timbre que indicaba que sus uñas de los pies ya estaban secas, así que Jayne se puso las zapatillas del balneario y se levantó.

–Me lo he pasado de maravilla contigo hoy –se despidió de Didi.

–Yo también –contestó Didi saliendo del agua–. Nos veremos en la cena.

Jayne recogió sus cosas tranquilamente y recorrió el sendero que llevaba hacia su suite. Iba a echar de menos la isla. Aunque Adam comprara La Perla Negra, seguramente ella no volvería en algún tiempo, pues todavía le quedaban muchos estados por visitar y, además, había decidido añadir a la lista todos los países del mundo que le gustaban.

Al llegar a la suite, Adam estaba hablando por teléfono. Se quedó mirándolo mientras hablaba y tomaba notas. Llevaba unos pantalones cortos y una camisa hawaiana desabrochada.

Jayne dejó la bolsa en el suelo y Adam la miró, sonrió y le hizo un gesto indicándole que enseguida terminaba de hablar.

Jayne sacó una botella de agua mineral del minibar y se sentó a observarlo. No estaba escuchando la conversación, así que cerró los ojos e intentó no pensar demasiado en el futuro, pero era imposible.

Se había enamorado por completo de Adam.

—¿Qué tal en el balneario? —le preguntó sentándose junto a ella, pasó el brazo por el respaldo del sofá y la besó.

—La verdad es que ha sido muy relajante. Me ha gustado. Gracias por insistir en que fuera —contestó Jayne.

—Soy consciente de que soy muy exigente en el trabajo, pero quería que vieras que a veces también puedo ser generoso.

Adam se estaba comportando de una forma algo extraña. Jayne no sabía exactamente qué le ocurría, pero algo había cambiado en él.

–Eso ya lo sabía.

–Claro, se me había olvidado que eres la... ¿cómo lo dijiste tú?... ¿repartidora de mi generosidad?

–Exacto. Siempre te muestras muy generoso con las mujeres con las que vas a terminar tu relación. ¿Debería comenzar a preocuparme?

–No. La relación que tengo contigo no se parece en nada a las que he tenido antes.

«A mí me pasa lo mismo», pensó Jayne.

Adam abrió los brazos y Jayne se perdió entre ellos. A veces, se sentía tan vulnerable con él que le parecía que se iba a romper en un millón de pedazos, pero, cuando la abrazaba, se sentía a salvo y pensaba que su amor lo podría todo.

Jayne lo miró a los ojos y respiró profundamente.

–Tengo otro regalo para ti.

–¿Dónde está?

–En la cama.

–No tienes por qué comprarme más cosas.

–Me gusta mimarte, Jayne.

–¿Por qué?

–¿Necesito una razón?

–No –contestó Jayne a pesar de que le preocupaba porque sabía que Adam utilizaba su dinero como escudo.

–Quiero que esta noche sea especial para ti y el regalo es parte de ello.

La acompañó a la habitación, donde Jayne encontró un precioso vestido de gala sobre la cama.

Adam la dejó a solas para que se vistiera y Jayne sintió que se le aceleraba el corazón, pues debía de ser algo muy importante lo que Adam tenía en mente si se estaba tomando tantas molestias.

–*Buona notte* –los saludó Ray cuando llegaron al bar para tomar una copa antes de cenar.

Adam quería dejar zanjada la compra del hotel para poder concentrarse en Jayne. Ya no sentía la urgente necesidad de destrozar aquel lugar y convertirlo en otra cosa. Ahora, apreciaba su encanto y no se dejaba llevar por el sentimiento de venganza que sentía hacia su padre.

–Vamos a cenar en nuestro porche particular –anunció su anfitrión–. Desde allí, los atardeceres son espectaculares.

–Gracias, Ray.

–Nuestras mujeres se merecen lo mejor esta noche.

Didi puso los ojos en blanco, pero sonrió y, por primera vez desde que los había conocido, a Adam le pareció que la pareja se llevaba bien.

–Nuestras mujeres deberían tener siempre lo que quisieran.

–Por cierto, Jayne me ha contado que encontró el cofre del tesoro –le dijo Didi a Adam mientras seguían a Ray hacia su porche privado.

–Sí, la verdad es que no es muy difícil. Aunque no me lo vendáis a mí, creo que deberíais ponerlo un poco más complicado. Jayne ha hablado con un buscador de tesoros profesional y la va a ayudar a embellecer la leyenda y a hacer que la búsqueda sea un poco más complicada.

–Buena idea –intervino Ray.

Lo cierto era que comprar el hotel había dejado de tener importancia. Si Ray y Didi decidían no vendérselo, encontraría otra isla y construiría un complejo hotelero basado también en una leyenda.

–Así que estuvisteis en la cueva, ¿eh? –insistió Didi–. ¿Leísteis el encantamiento?

–Yo sí –contestó Jayne–. Me llevé una piedra.

–De ti, me lo esperaba. ¿Y tú, Adam?

–Yo también.

Jayne lo miró disgustada. Cuando Didi se excusó para ir a ver qué tal estaba la cena y Ray la siguió, se giró hacia él.

–No tienes por qué mentir. Saben perfectamente que eres demasiado... pragmático como para creer en la leyenda.

Adam no dijo nada. Se limitó a meterse la mano en el bolsillo del pantalón y a sacar la piedra.

Jayne tragó saliva y lo miró a los ojos. Adam le acarició el rostro y la besó con cariño.

–¿Qué deseo pediste? –quiso saber Jayne.

–No te lo puedo decir.

–Espero que se te cumpla –dijo Jayne sinceramente.

–Depende de ti.

–Lo mismo te digo, cariñito –contestó Jayne estremeciéndose.

—Te la estás buscando —sonrió Adam.

—Nunca lo he negado.

—Brindemos —propuso Ray saliendo al porche de nuevo.

Mientras iban hacia la mesa, Adam no pudo evitar la tentación de darle un pellizco a Jayne en el trasero.

Unos segundos después, Didi llegó a la mesa con una bandeja de entremeses, aceptó la copa de champán que le tendía su marido, que la tomó de la cintura y miró a Adam y a Jayne.

—Por el nuevo propietario de La Perla Negra, para que encuentre el amor y la felicidad y para que el futuro le sonría.

Adam sintió algo muy fuerte en el estómago al darse cuenta de lo que Ray estaba diciendo. En lugar de brindar, se giró hacia Jayne y la tomó entre sus brazos.

Jayne le dio un beso que lo hizo estremecer. Cuando se sentaron, a Adam le temblaban las manos de deseo.

Lo cierto era que todo en su vida estaba saliendo bien. Tras años de trabajo y esfuerzo para enderezar las equivocaciones del pasado, iba a ser el dueño del complejo hotelero que había llevado a su padre a la ruina.

Además, tenía a su lado a una mujer que era su compañera profesional y personal y estaba empezando a entender y a aceptar que su corazón no estaba tan bien protegido como siempre había creído.

La velada transcurrió en un ambiente distendido y placentero y Adam se dio cuenta de que lo único que faltaba en su vida era un compromiso con Jayne, pero en pocas horas todas las piezas estarían en su sitio.

Jayne salió del baño ataviada con un salto de cama maravilloso.

—Cierra los ojos —le dijo Adam.

Jayne obedeció y sintió algo suave y fresco en las plantas de los pies.

Entreabriendo los ojos vio que se trataba de pétalos de rosa. Su aroma había inundado la habitación.

—¿Tengo que tener los ojos cerrados mucho más tiempo?

—Ven hacia mí, *chérie* —contestó Adam—. Te aseguro que va a merecer la pena.

—No me gusta nada no ver —se quejó Jayne.

—Sigue mi voz —le indicó Adam desde otro lugar de la habitación—. No sabía que fueras tan impaciente.

—No siento impaciencia sino vulnerabilidad.

En ese momento, Jayne sintió los labios de Adam en la boca, pero cuando intentó abrazarlo no lo encontró.

—No hace falta que me seduzcas. Ya soy tuya —le dijo sinceramente.

No había otro hombre sobre la faz de la tierra capaz de hacerla olvidar la dolorosa lección que había aprendido de niña y recordar sus sueños secretos. No había otro hombre que la hiciera creer que sus sueños podían hacerse realidad. No había otro hombre que la hiciera olvidar su vida antes de conocerlo.

–¿De verdad? –dijo Adam acariciándole las mejillas y la nariz con suavidad.

A Jayne le hubiera gustado ver la expresión de su cara. La verdad era que Adam no dejaba que se notara lo que sentía y Jayne estaba empezando a cansarse de tener que adivinarlo.

–Sabes perfectamente que sí –contestó dispuesta a no esconderse de él.

Tenían previsto volver a Nueva Orleans al día siguiente por la tarde y Jayne era perfectamente consciente de que, una vez allí, la realidad se abatiría sobre ellos.

Había rezado para que aquella realidad significara casarse con Adam, pero no estaba segura de lo que sentía por ella.

Jayne creía que la quería, estaba casi convencida de ello porque por las noches la abrazaba con cariño dándole a entender que su relación era algo más que puro sexo.

–Bien –dijo Adam muy satisfecho.

A continuación, le tapó los ojos con un pañuelo de seda.

–Adam...

–¿Qué? –contestó él besándole el cuello por detrás–. No ves nada y yo tengo las manos libres –le advirtió con voz picarona.

Jayne tragó saliva.

–Haz lo que quieras conmigo.

–Eso es precisamente lo que voy a hacer

–contestó Adam chasqueando la lengua–. Pero primero...

La tomó en brazos y la llevó al balcón, donde la sentó en una silla de ratán desde la que se percibía la brisa del mar.

–Espérame aquí. Tengo que hacerme cargo de unos detalles de última hora.

Jayne lo oyó alejarse y echó la cabeza hacia atrás para disfrutar del olor del mar.

–¿Me has echado de menos? –le dijo Adam al oído unos minutos después.

A continuación, le quitó el pañuelo de los ojos y Jayne comprobó que todo a su alrededor, terraza y dormitorio, estaba lleno de velas.

–¿Estamos celebrando la compra de La Perla Negra?

–No, *chérie*, estamos celebrando que estás conmigo.

Jayne sintió que se le aceleraba el corazón.

–Jayne, te quiero pedir una cosa muy importante.

–¿Sí?

A Jayne le costaba respirar. Le daba miedo creer que los sueños que había albergado durante tantos años se fueran a hacer realidad de verdad.

–¿Quieres vivir conmigo?

Jayne sacudió la cabeza. No debía de haber oído bien. Adam la estaba sonriendo con la sonrisa más maravillosa que había visto en su vida.

–*Chérie*, nos llevamos de maravilla en el trabajo y creo que unir nuestra vida personal y profesional es... la mejor solución.

Jayne no dudaba de su sinceridad y comprendió que Adam le estaba ofreciendo lo que jamás había ofrecido a otra mujer. Quería aceptar, pero sus sueños pesaban demasiado.

–Nada me gustaría más –contestó.

–Estupendo. Sabía que lo verías como yo.

–Lo siento, Adam, pero no me has entendido. Si vamos a vivir y a trabajar juntos, ¿por qué no nos casamos?

–Porque no me puedo arriesgar a casarme.

–Y yo no me puedo arriesgar a ser tu amante.

–Maldita sea, lo que te estoy pidiendo no es eso.

Jayne lo quería tanto que estuvo a punto de aceptar lo que fuera con tal de estar con él, pero sabía que, al final, acabarían odiándose.

Adam la miró a los ojos y ella negó con la cabeza.

–¿Te crees que esto me resulta fácil? Sabes perfectamente lo que opino sobre las relaciones personales y el trabajo y, aun así, estoy dispuesto a hacerlo por ti.

–No me vengas ahora con ésas. Lo que me estás ofreciendo es perfecto para que tú tengas todo lo que quieres.

Adam la tomó entre sus brazos.

–No lo digas así. Ahora mismo, es lo mejor que te puedo ofrecer –le dijo mirándola a los ojos–. Por favor, dame una oportunidad. No descarto la posibilidad del matrimonio, pero necesito tiempo.

Jayne le tomó el rostro entre las manos y lo besó con todo el amor que sentía por él.

–Yo no necesito tiempo, Adam. Yo ya tengo muy claro que te quiero.

–Tú también eres muy importante para mí y sé que nuestra relación podría salir bien.

–Vivir contigo sin estar casados me mataría. Me he pasado toda la vida intentando no ser como mi madre y, además, para ser sinceros, quiero tener hijos.

Lo cierto era que Jayne no necesitaba un certificado de matrimonio para vivir con el hombre al que amaba si veía que por su parte había compromiso, pero estaba viendo en los ojos de Adam que él no quería tener hijos.

–No –le confirmó.

Entonces, Jayne sintió que se le rompía el corazón y se dio cuenta de que no se había enamorado de Adam sino del hombre que Adam podría ser si dejara el pasado atrás y comenzara a soñar con el futuro.

Jayne se apartó de él y entró en la habitación para vestirse, rezando para no ponerse a llorar.

–¿Se acabó? –le preguntó Adam siguiéndola.

–Sí. El lunes por la mañana tendrás mi dimisión sobre la mesa.

–Creía que me querías.

–Y te quiero, pero eso no quiere decir que no me valore a mí misma.

–¿Y eso qué quiere decir?

–Nada, en realidad lo he dicho para fastidiar –contestó Jayne sinceramente.

Sabía que Adam sentía por ella lo que jamás había sentido por otra mujer. Si fuera de otra manera, menos ordenada y perfeccionista, podría aceptar su oferta con la esperanza de que algún día cambiara.

Adam intentó abrazarla, pero Jayne dio un paso atrás. No quería que la tocara en aquellos momentos.

–Por favor, no te vayas. Estoy dispuesto a darte lo que quieras con tal de que te quedes conmigo.

–¿Cualquier cosa? –preguntó Jayne sabiendo que no le estaba ofreciendo su amor.

–Sí, lo que tú quieras. Un coche, un abrigo de piel, una joya, lo que sea.

Jayne se dio cuenta entonces de que, a pesar de que le había mostrado su alma desnuda, Adam nunca había visto a la verdadera Jayne.

Si hubiera sido así, sabría que nada de lo que podría resultar tentador para una amante podría tentarla a ella.

–No tienes nada que yo quiera –le dijo sinceramente.

Jayne quería su amor, pero se daba cuenta de que no había suficiente en su alma fría para compartirlo.

–No lo dices en serio.

–Claro que sí. Te has rodeado de bienes materiales y de símbolos de poder y yo necesito más que eso para ser feliz. En realidad, necesito menos porque lo que yo necesito no cuesta nada.

–No, tú sólo quieres mi alma.

Jayne se dio cuenta de que, efectivamente, así

era. Quería su alma porque Adam ya era dueño de la suya.

—Me parece lo justo.

—A mí, no. Yo no soy como tú, Jayne. Yo no veo el mundo de color de rosa. Lo que tú buscas es un cuento de hadas.

Jayne fue hacia la puerta. No quería seguir hablando con él.

—Te advierto que no te concedo las dos semanas de cortesía para que encuentres una sustituta.

—Te advierto que yo no te voy a dar ninguna referencia para tu próximo trabajo.

—No la voy a necesitar.

Dicho aquello, se colgó el bolso del hombro y dio un portazo al salir. No miró atrás mientras las lágrimas le resbalaban por las mejillas.

Capítulo Doce

Adam dio un puñetazo en la pared y maldijo enfurecido.

¿Cómo se le habían podido ir las cosas de las manos de aquella manera? Tenía que salir de aquella habitación cuanto antes, pues las velas y los pétalos de rosa le recordaban lo mal que había ido todo.

¿Por qué aquello que le había funcionado tan bien en el pasado le había fallado en aquella ocasión? Probablemente, porque Jayne no se parecía a las demás mujeres que había habido en su vida.

Era increíblemente cabezota.

Adam sabía lo que ella quería y, en realidad, la amaba, pero no estaba dispuesto a decírselo ni a casarse con ella.

No podía hacerlo. Había intentado convencerla para que esperara un poco, para que le diera tiempo, pero a Jayne no le había parecido suficiente.

Se dejó caer en una butaca y se dio cuenta de que lo que le daba miedo no era casarse con Jayne y que ella lo abandonara sino que fuera él quien se cansara de ella y la abandonara.

No podría soportar hacerla sufrir así.

Necesitaba una copa, así que se vistió y se fue directamente al bar. Le dolía horriblemente la mano, pero más le dolía el corazón.

Pidió un whisky solo y se sentó a una mesa solitaria al final del salón. El grupo de música hacía tiempo que había terminado de tocar y el bar estaba casi vacío.

—Hola, ¿sigues de celebración? —dijo Ray sentándose enfrente de él.

En ese momento, el camarero le llevó la copa, que Adam se tomó de un trago.

—Tráigame otra.

—¿Y Jayne? —preguntó Ray.

—No tengo ni idea —contestó Adam.

Lo único que quería en aquellos momentos era emborracharse para dejar de pensar en ella. No quería acordarse de Jayne tal y como la había visto por última vez... pálida y al borde de las lágrimas.

—¿Problemas con las mujeres? —quiso saber Ray.

—No, yo soy un experto en las relaciones con las mujeres —le aseguró Adam.

Ray se echó hacia atrás en la silla, se sacó un puro del bolsillo, lo encendió y miró a su alrededor.

—Perdona que te lo pregunte, amigo, ¿pero qué clase de experto en mujeres se dedica a beber solo en un bar vacío?

—Supongo que un experto que no lo es tanto —contestó Adam terminándose la segunda copa.

Lo cierto era que no sabía absolutamente nada de las mujeres y, probablemente por eso, había perdido a la única a la que había amado en su vida.

—¿Quieres que hablemos de ello?

—¿Ya estás otra vez en plan padre confesor?

—No, lo que pasa es que yo he pasado por lo mismo.

—¿Con Didi?

—No, fue con otra mujer. La perdí porque no me di cuenta de que el amor de la mujer adecuada puede hacer a un hombre más fuerte, convertirlo en un hombre mejor.

—No creo que Jayne opine eso de mí. Ella cree que yo...

Se dio cuenta de que no tenía ni idea de la imagen que Jayne tenía de él, pero sospechaba que era algo tremendamente romántico.

Claro que seguramente ya no pensaría así.

—¿Qué crees que ve Jayne en ti?

—Yo creo que ve a un hombre que no la puede hacer feliz —contestó Adam.

—Vaya por Dios.

—Si has cambiado de opinión y ya no me quieres vender el hotel, lo entenderé. De todas formas, quiero que sepas que te he engañado desde el principio porque Jayne era mi secretaria y no mi pareja.

—Pero ahora sí lo es.

—Ya no.

—Mira, no te lo digo por el hotel, pero tienes que ir a hablar con ella.

A Adam le hubiera gustado que fuera así de sencillo.

—No creo que quiera escucharme.

—Tienes que intentarlo —insistió Ray.

—Te tomas esto de padre confesor demasiado en serio. Lo mío con Jayne ha terminado. Lo único que puedo hacer es seguir con mi vida.

—No sé por qué se me ha ocurrido pensar que esta vez iba a ser fácil —se quejó Ray dejando el puro en el cenicero.

—¿A qué te refieres? —preguntó Adam.

—Mira, yo en realidad no soy el dueño de este hotel. Soy un casamentero enviado desde el Cielo para que Jayne y tú os enamoréis.

—Pues te ha salido fatal —contestó Adam creyendo que Ray estaba de broma.

—¡Ni que lo digas! No me dejas otra opción. Si no quieres hablar con ella...

Cuando Ray lo agarró de la mano, Adam pensó que se había vuelto loco. Entonces, de repente, las paredes comenzaron a dar vueltas a su alrededor y, cuando se pararon, Ray y él estaban en la puerta de un bar de Nueva Orleans.

—Esto no puede estar sucediendo —comentó Adam.

—Siento decirte que sí —contestó Ray.

—¿Qué hacemos aquí?

—No lo sé. Tú nos has traído a este lugar.

Adam reconoció el bar. No había vuelto allí desde la noche de su divorcio, cuando se emborrachó como una cuba.

—Quiero volver a La Perla Negra.

–Luego. Entremos.

Ray lo empujó hacia la puerta y Adam entró. Miró a su alrededor y se vio a sí mismo sentado en la barra. Era muy joven y estaba asustado.

–¿Otra ronda? –le preguntó el camarero.

–Una detrás de otra –contestó el Adam joven apurando otra copa de whisky.

–Aquí tiene –le dijo el camarero.

–Gracias.

Adam se puso en pie y habló en voz alta a los presentes.

–A partir de ahora, jamás volveré a ser víctima de una mujer y de sus trampas emocionales.

Unas cuantas copas se alzaron apoyándolo y el Adam joven se volvió a sentar y se terminó la bebida.

El Adam mayor se quedó mirando anonadado.

Se dio cuenta de que había construido su vida sobre una promesa que había hecho con veintiún años, siendo un joven inseguro.

Sabía lo que había sucedido al día siguiente. Aprovechando el ímpetu que le había dado el abandono de Susan, había trazado un plan de futuro y había creado Powell International.

Trabajó fieramente durante seis meses y conoció a Rhonda, su primera amante. Entonces, todavía se sentía demasiado vulnerable como para querer algo más que sexo de una mujer.

Por eso, habían llegado a un acuerdo que los satisfacía a ambos y, así, lo que en principio había surgido como algo puntual dentro de una relación se había convertido en la norma que regiría las siguientes.

En un instante, Adam se encontró de vuelta en la mesa del bar de La Perla Negra. Ray no estaba y Adam se preguntó si no habría sido todo un sueño.

Le dolía la cabeza y no podía dejar de recordar las palabras de Jayne:

«Te quiero, pero eso no quiere decir que no me valore a mí misma».

Adam se dio cuenta de que no había valorado a ninguno de ellos sino que había dejado que el pasado le nublara la vista.

Salió del bar con la esperanza de que no fuera demasiado tarde porque ahora estaba seguro de que su felicidad dependía de ella.

La amaba y no decírselo no lo mantenía a salvo sino que lo mantenía en las tinieblas, alejado de la luz que Jayne irradiaba.

Jayne había pedido un taxi y estaba esperándolo en la puerta del hotel, decidida a no llorar.

Estaba enfadada con Adam y consigo misma por no haberse dado cuenta de cómo era aquel hombre en realidad.

Lo cierto era que un anillo no era tan importante para ella, pero tener una familia sí. Además, sabía que a Adam le iría muy bien formar una y poder dar a sus hijos el amor incondicional que llevaba dentro.

¿Era una cobarde por irse así?

—Jayne, menos mal que te encuentro —dijo Adam apareciendo a su lado.

—No voy a cambiar de opinión —le aseguró ella.

—Sí, claro que vas a cambiar de opinión. Te voy a convencer.

—¿Intentando seducirme de nuevo? —se burló Jayne.

Adam se pasó una mano por el pelo y Jayne sintió que se le aceleraba el corazón al darse cuenta de que Adam había ido tras ella. Nunca lo había hecho con otra mujer.

—No, no voy a volver a cometer ese error.

En ese momento, llegó el taxi.

—¿Ha llamado usted un taxi? —le dijo el conductor bajándose.

—Sí, quiero que me lleve al aeropuerto —contestó Jayne.

—No, puede irse —replicó Adam.

—Adam, me voy al aeropuerto.

—Perdonen, pero es tarde y no estoy para numeritos —les dijo el taxista.

Adam le pagó la carrera y a Jayne no le hizo ninguna gracia que creyera que podía utilizar su dinero para disponer de su vida como a él le viniera mejor.

—Ven conmigo —le dijo Adam.

—Ahora no. Cuando vuelvas a Nueva Orleans, llámame y ya hablaremos.

—Sí, claro —dijo Adam tomándola en brazos.

—¡Bájame!

–No.

Jayne intentó que la soltara, pero lo único que consiguió fue que le diera un azote en el trasero.

–Estate quieta.

Atravesaron el vestíbulo desierto y Jayne tuvo que hacer un gran esfuerzo para no abrazarlo, pues parecía que Adam no quería que se fuera.

Una vez en su suite, la dejó en el suelo y Jayne lo miró a los ojos. Había algo nuevo en ellos, algo que Jayne no había visto nunca y que parecía... amor.

Adam le tomó el rostro entre las manos y la besó.

Jayne se dio cuenta de que no podría vivir sin él y sintió que los ojos se le llenaban de lágrimas.

–No llores, *chérie* –le dijo Adam abrazándola con fuerza.

Jayne decidió entonces que estaba dispuesta a aceptar lo que tuviera que ofrecerle, aunque aquello le dolió porque siempre había creído que algún día conocería a un hombre que lo quisiera todo de ella.

–Te quiero.

Jayne se quedó mirándolo con los ojos muy abiertos.

–No necesito que me lo digas.

–¿De verdad? Yo creo que sí que necesitas oírlo y, además, te lo mereces.

–Adam, sólo hace media hora que me he ido. ¿Cómo puedes quererme ahora y antes no?

–Porque he visto la luz y me he dado cuenta de la verdad. Ya te lo contaré luego detenidamente. Creo que te quiero desde hace mucho tiempo, Jayne.

–Me encantaría creerte.

–Pero no me crees. Por favor, no me vuelvas a dejar. Si te vas, me convertiré en el ermitaño que tú crees que ya soy. Te necesito, Jayne. Tú me haces ser un hombre mejor.

–¿Lo dices en serio?

–Sí, eres la dueña de mi corazón y de mi alma.

Jayne tragó saliva y sintió lágrimas de alegría en los ojos porque sabía que Adam no decía nada que no sintiera.

–Yo también te quiero –le dijo.

–Yo siempre te querré –se comprometió Adam.

A continuación, la tomó en brazos, la llevó a la habitación y la sentó en la cama. Luego, fue hacia un cajón y sacó algo. Se trataba de una caja.

–Te he comprado esto. No es un regalo muy convencional, pero nosotros tampoco lo somos.

La observó mientras Jayne sacaba la pulsera de zafiros y la ayudó a ponérsela.

–Nos vamos a casar –anunció.

–¿No me lo vas a pedir?

–¿Hace falta?

–Sí –contestó Jayne porque quería tener una bonita historia que contarles a sus nietos algún día.

–¿Te quieres casar conmigo?

–Sólo si te puedo llamar cariñito –contestó Jayne.

–Está bien –accedió Adam.

–Me muero por convertirme en tu esposa –dijo Jayne besándolo.

No volvieron a hablar durante un buen rato, en el que lo único que hicieron fue desnudarse y sellar con sus cuerpos el compromiso que se habían hecho.

Un rato después, abrazados y hablando del futuro, Jayne se dio cuenta de que La Perla Negra había obrado su magia en ellos y de que había encontrado lo que su corazón deseaba de verdad.

Epílogo

Me quedé mirando el mar.

Había vivido toda la vida cerca de él, pero nunca lo había observado detenidamente. Para mí, la playa sólo era un buen sitio para hacer contrabando, aunque era el menos indicado para tirar un cadáver porque, tarde o temprano, acababa llegando a la orilla.

Sin embargo, aquel día, con el sol poniéndose en el horizonte y el sacerdote pronunciando palabras de amor y de compromiso eternos, me di cuenta de que había mucha belleza en la Tierra.

Había sido una pena no darme cuenta mientras seguía con vida.

Adam le dio a Jayne un gran beso una vez casados y yo me giré hacia Didi, que me tomó del brazo.

Jamás lo admitiría, pero me había gustado compartir aquella misión con ella y, además, ahora que ya no vestía como una solterona estaba estupenda.

—Lo has hecho muy bien —me dijo en voz baja.

–Ya lo sé –le dije tomándola de la mano y conduciéndola hacia la playa.

–Pasquale, tienes que ser más humilde.

–Muñeca, nunca he entendido por qué está mal visto alardear de lo que sabes que se te da bien.

–Ya te he dicho muchas veces que no me llames muñeca.

–¿Ah, sí?

Didi chasqueó la lengua.

–Tienes demasiado encanto.

–Vaya, muñeca, creía que no te ibas a dar cuenta nunca.

–Sí, me he dado cuenta, pero guárdatelo para tus parejas –me dijo Didi un segundo antes de que sintiera que mi cuerpo se comenzaba a disolver.

Aunque se creyera que había dicho la última palabra, me había dado cuenta de que se había apoyado en mí antes de desaparecer también.

Tal vez era que me pasaba demasiado tiempo con parejas que se enamoraban, pero Didi me estaba empezando a gustar.

DESEO
KATHERINE GARBERA

UN TOQUE DE DISTINCIÓN

Deacon Prescott, propietario de uno de los casinos de Las Vegas, deseaba una mujer con clase y Kylie Smith la tenía a raudales. La encantadora divorciada tenía el don de derretirle el corazón con solo mirarlo. Seducirla resultó fácil, de hecho, Deacon había apostado que ella accedería a casarse con él y había ganado. Pero las cosas no salieron como esperaba y de pronto el duro Deacon solo tenía una oportunidad para salvar su matrimonio; tendría que poner en juego su corazón, algo que había prometido no hacer jamás.

AMANTE OCASIONAL

Cuando el hombre de sus sueños le propuso ser su amante, Jayne Montrose no pudo negarse. El millonario Adam Powel era su jefe y se trataba de una situación temporal, pero Jayne no estaba segura de que su corazón fuera a soportarlo. Con cada uno de sus besos, Jayne se enamoraba más y más. ¿Podría seducirlo hasta hacerle concebir el matrimonio como una posibilidad? El que le pidiera a Jayne que se hiciera pasar por su amante había sido solo una cuestión de trabajo. Pero lo que ahora tenía Adam en mente no podía estar más alejado de los negocios. De pronto, su eficiente ayudante se había convertido en una sensual sirena y él se estaba dando cuenta de que fingir que eran amantes ya no era suficiente; quería que lo fueran de verdad. Y eso era muy peligroso...

N.º 542

JAZMÍN

JESSICA HART
NOVIO DE EMERGENCIA

Phoebe había decidido acudir sola a la boda de su exprometido, pero su mejor amiga le propuso una idea genial: podía contratar a su nuevo compañero de piso, Gib, para que se hiciera pasar por su novio. Parecía el plan perfecto, pero Gib vio enseguida que iba a tener que poner a prueba su autocontrol; mientras, Phoebe se recordaba continuamente que solo estaban fingiendo estar enamorados. ¡Iba a ser una boda inolvidable!

SUSAN FOX
EL MARIDO DE SU AMIGA

Al quedarse viudo y solo para criar a su pequeño, Reece Waverly acudió a Leah Gray. Sabía que su buena amiga sería la esposa y madre perfecta. Sería un matrimonio de conveniencia, pero Reece no sabía que Leah llevaba años enamorada de él.

Aunque Leah intentó convencerse de que podía seguir adelante con el plan, pronto tuvo que admitir que quería ser algo más que una esposa contratada.

N.º 574

ANGIE RAY
TRAMPA DE AMOR

De ningún modo iba Samantha Gillespie a permitir que su mejor amigo, Brad Rivers, se casara con una mujer a la que solo le interesaba su dinero. El problema era que la cazafortunas estaba saliéndose con la suya y cada vez sería más difícil contarle a Brad la verdad sin poner en peligro su amistad.

¿Podría aquella mujer con miedo al compromiso admitir que estaba enamorada de su amigo del alma y proponerle que se casara con ella?

JULIA™

DIANA PALMER
UNA MISIÓN PARA DOS

El detective de policía Rick Márquez jamás se había enfrentado a un caso que no pudiera resolver. Tan solo le faltaba una mujer con la que pudiera encontrar la felicidad. Pero iba a conocer a la única mujer que podría encajar con él en cuerpo y alma... Sin embargo, las circunstancias del trabajo de Gwen y la información personal que ella no le había contado no tardaron en poner a prueba su amor...

N.º 469

HELEN R. MYERS
AMANECE EN MI CORAZÓN

Era la casa que la agente inmobiliaria Genevieve Gale había soñado para sí misma. En lugar de eso, la eligió para el matrimonio de los Roark. Pero cuando el atractivo millonario iba a instalarse con su esposa, enviudó. Entonces buscó consuelo en los brazos de Genevieve, y ella le ofreció todo lo que tenía sin esperar nada a cambio. Incluso después de descubrir que estaba esperando un hijo.

CHRISTINE RIMMER
FALSO NOVIAZGO

Travis Bravo estaba harto de la afición que tenía su madre a hacer de casamentera. ¿Y qué mejor manera de pararla que llevar a una novia a casa en vacaciones? El único problema era que ni siquiera estaba saliendo con alguien. Pero allí estaba su amiga Samantha Jaworski.
Y a Sam le resultó muy sencillo lanzarse a su papel de novia de Travis... y también a sus brazos.

¡YA EN TU PUNTO DE VENTA!

ANNE MATHER
Una mujer misteriosa

Sara era un mujer bella, misteriosa y angustiada. Matt estaba muy intrigado por la personalidad de su inesperada invitada porque ella se negaba a contarle de dónde venía, pero era obvio que huía de algo.

El sentido común le decía a Matt que no se implicara, pero justo entonces se enteró de que Sara era la esposa desaparecida de un millonario. Estaba claro que necesitaba su protección. Y, a medida que el ambiente se iba llenando de erotismo, Matt se dio cuenta de que, aunque no debía tocarla, tampoco podía dejarla marchar...

CAROLE MORTIMER
Noticias del corazón

Cuando Leonie llegó a la mansión inglesa de Rachel Richmond, la impresionaron el estilo sofisticado y la amabilidad de la famosísima actriz. La impresión que le causó Luke, el hijo de Rachel, fue algo muy diferente.

Luke Richmond era un tipo frío y orgulloso que no sentía ninguna simpatía por Leonie y que estaba demasiado acostumbrado a salirse con la suya. Pero, por mucho que le pidiera que se marchara, a Leonie le habían encargado escribir la biografía de Rachel y no se iba a mover de allí... especialmente después de darse cuenta de que Luke escondía algo...

N.º 87

DESEO

MAUREEN CHILD
SEIS NOCHES DE SEDUCCIÓN

Para Tessa Parker lo más embriagador de su trabajo era su jefe. Sin embargo, no había conseguido que Noah Graystone la considerara algo más que su eficiente secretaria. Harta, presentó su dimisión, aunque accedió a ir con Noah a Londres de viaje de negocios y aprovecharlo para tener una aventura sin compromiso.

JOSS WOOD
ROMANCE CON UN MILLONARIO

Las chispas saltan cuando Adie Ashby-Tate y Hunt Sheridan se conocen. Lástima que Hunt no crea en las relaciones. Sin embargo, Adie es una tentación demasiado grande para el millonario. Cuando ella accede a tener una aventura, Hunt aprovecha la oportunidad. La única regla es: sin compromiso. Pero puede que el espíritu navideño cambie las normas.

N.º 541

FIONA BRAND
CÓMO RESISTIR LA TENTACIÓN

Tobias Hunt nunca había tenido la menor dificultad en dejar a las mujeres, hasta que conoció a Allegra Mallory y, para poder recibir la herencia que le correspondía, le obligaron a vivir con la tentación. Estaba convencido de que podría superar su intensa atracción hacia Allegra, especialmente después de que ella anunciara que estaba prometida. Pero al descubrir que el compromiso era falso, decidió imponer sus propias reglas.

BIANCA.

SARAH MORGAN

NUEVE MESES DESPUÉS…

El lujoso Ferrari despertaba miradas de curiosidad en el tranquilo pueblecito inglés de Little Molting, pero para la profesora Kelly Jenkins sólo significaba una cosa: Alekos Zagorakis había vuelto a su vida.

Cuatro años antes, con el ramo de novia en la mano, Kelly supo que su guapísimo prometido griego no iba a reunirse con ella en el altar.

Ahora él había vuelto para exigir lo que era suyo.

PARÍS EN EL CORAZÓN

Con el negocio familiar en crisis, Polly Prince hacía lo que podía por mantener la calma y seguir adelante. Pero iba a necesitar algo más que esfuerzo para salvar a su empresa londinense de las garras del despiadado Damon Doukakis… y a su cuerpo traicionero de la sensualidad de su jefe.

N.º 477

Como su nueva secretaria, Polly iba a acompañar a Damon a París para negociar el contrato más importante de su vida. Lo peor de todo era que Polly iba a tener que resistirse a Damon en la ciudad más romántica del mundo.

¡YA EN TU PUNTO DE VENTA!